今天，
換她跟我男友約會

나의 완벽한 남자친구와 그의 연인

閔智炯 민지형 / 著
黃莞婷 / 譯

愛在一起推薦

讓你重新思考浪漫愛的一本書。現代社會有許多預設，我們預設別人是異性戀、預設戀愛的「正果」是婚姻、預設願意過夜就願意上床……我們照章行事，自己卻沒意識，就像魚沒發現身在水中。這些「戀愛預設」協助延續社會傳統，也帶來各種犧牲和壓迫，甚至助長性侵迷思。這些預設夠好嗎？適用於你我嗎？若我們要重新打造規則，會怎麼做？這本小說讓你體驗三個人類從無到有協議戀愛規則的潛力，讓你意識到自己可以跟你覺得重要的人一起重新打造愛情和生活。

——哲學作家／朱家安

有情人終成眷屬，昏頭的人才會想婚？婚姻究竟是愛情的墳墓抑或是正果？在這個機車、辦公室都能共享的年代，愛情可以共享嗎？問世間情為何物，在情愛世界裡的距離該如何丈量，界線畫得太清晰顯得太疏離。靠得太近又怕喪失自我、太黏膩。

以上自問自答，就像所有人生靈魂拷問般，沒有固定的答案。閱讀《今天，換她跟我男友約會》這本不是傳統童話劇情的愛情小說，或許，你能找到屬於自己的答案。不過，沒有也沒關係。畢竟這就是愛情啊！

——禾馨婦產科／烏烏醫師

就是一本「普通的」戀愛小說，有甜蜜、迷惘，有各種感受，跟世上任何一種戀愛關係沒有不同。

但關係明明就是每個人都不會相同的，預設戀愛型態、重複他人的戀愛腳本，不是不行，只是你確定那真的是你要的嗎？你想過你要什麼嗎？

單身、一對一、開放式，沒有哪種選擇比較酷，沒有哪種關係比較容易，我也不覺得有任何一種會是永遠的最佳解，但如果有機會去反思去嘗試去練習，有意識地珍惜每個連結，坦率地面對內心的所有情緒，我會相信這樣的每個情感模式決定，都會是當下的，那個最適合自己的「最佳愛情」。

同為一個對世俗婚戀市場的潛規則感到厭倦、卻又對談戀愛不想死心的浪漫主義者，此書完全是摯友等級。

不以常態去解釋一段相遇，不以理所當然去定義一段關係。這是我的心態，我只是想談一場「普通的」戀愛。

——「Sex Chat 談性說愛」podcast 主理人／揚

理論上，「清楚知道自己想要什麼的時代女性」和「渴望正常女性伴侶卻陷於求偶焦慮的母豬教徒」，需要的書單本應頗有落差，但我很樂意同時推薦本書給這兩個族群。不僅因為作者用幽默輕快的筆觸，清楚勾勒出這個時代的男女思考斷層，讓母豬教徒省下一大筆PUA課程的學費，還能無痛理解正常女性的思考邏輯；同時從共享經濟的概念出發，大膽提出「開放式關係」這個足以讓新時代女性也盡毀三觀的議題，讀來拍桌爆笑驚呼兼具，十足痛快！

——小說家／劉芷妤

這或許是最適合這個時代的愛情神話，我們都知道裡面的角色過於美好，裡面的感情過於純粹，但當我們看到未來、始源跟素里的互動時，嘴角還是忍不住上揚。這個社會總熱愛叫女人愛自己，卻甚少去思考，什麼樣的關係，才真正是以「自己」出發的。在這個故事中，主角以各自的「自我」為核心而去締結了不同的關係型態，不一定要是開放式關係，也不一定是獨占關係——而是「你自己好就好」的關係——這是我覺得最浪漫的一件事了。

——**作家／蔡宣文**

給未來的戀人們

Contents

0 序 只需要愛情故事

未來睜開了眼。

在一片漆黑中，緊緊拉上的遮光窗簾裡，透入微弱光線劃開了天花板。

再熟悉不過的天花板，但其實這裡是秀浩的家。

未來「自己的房間」離這裡六公里遠，不知從何時起，她習慣在秀浩家度過週末兩天。

是因為昨天攝取過多咖啡因；因為最近工作壓力很大；因為昨天白天睡太久；因為天氣變暖了；因為床上有點熱……

所以，未來才會突然醒來吧。

對於凌晨三點毫無預告之下地睜眼，未來可以找到數十個理由。

但她暫時停止了思考，靜靜地凝視天花板。

因為被光線一分為二的天花板似乎在暗示她什麼。

有如心焦等待神啟的信徒一樣，未來意識到那片失落的拼圖碎片終於完成了。她所熟知的，也將再次經歷的痛苦掠過腦海，但她不能因此選擇無視這個啟示。絕不能。這似乎是所有先知者的命運。

「嗯……」

身旁傳來的秀浩呼吸聲。她真實地感受到秀浩的口水氣息與汗味，似乎是昨天晚餐吃得早，害現在飢餓的她的嗅覺變得更加敏銳。

未來不確定自己此時此刻的不快，是否源自於此。她無意間又想起那天下午的事。

那已經是一年又一個月前了。

未來和秀浩談戀愛的時間不算短。

按韓國年齡的算法，兩人都三十五歲了。

是被所有自認有基本常識的韓國人，認為最適合進行全方面干涉的對象。

在幾小時前，未來和秀浩結伴參加未來高中同學寶拉的婚禮。

因為是舉辦在北漢山山腳的畫廊裡的小型婚禮，換作平常，未來一定會嫌麻煩，不過那天說巧不巧，是個風和日麗又沒塵霾的春日，所以，未來心情愉快地到場。

寶拉和新郎從高中開始交往，戀愛長跑十年，往事歷歷在目，未來似乎看見了好萊塢青少年愛情電影的完美結局。

未來看著那個美麗又幸福、幾乎可稱得上是「理想婚姻」的場面，不禁思索著。

果然，我並不想結婚。

然而，不久後，她才發現秀浩想的正好與她相反。

對未來來說，秀浩是個優質對象，是個不錯的選項。

其實，未來從來沒擁有所謂的「最佳」愛情，總是在「將就」和「將就」之間作困獸之鬥。

為什麼秀浩是未來將就的選項？

很諷刺地，是因為秀浩常掛在嘴邊的「好男人」所導致的。

那麼，對未來來說，什麼才是「最佳」呢？

未來想要的愛情是，彼此各自守護自己的位置，尤其是要守護好自己。未來不想成為誰的，也不想擁有誰。

未來高中初戀男友羞澀遞出的信上，寫著：「妳是我的！」一看到這句話，未來渾身起雞皮疙瘩，還來不及細思那句話的意義，就像生理反應一樣，心一下就涼掉。

在那之後，未來自然而然地疏遠初戀男友。直到幾年後回想起來，未來能理解對方當時的心情。

他一定很想對人生中第一個女友說一句全世界最浪漫的情話吧。

所以，他像個機器一樣，把透過媒體和韓國文化所學來的語言，照本宣科地寫下來。

他想表達「我非常喜歡妳」，而他認為「妳是我的」是最完美的表達方式。

他大概覺得那句話最能展現自己的男子氣概，也從沒懷疑過媒體說的「這是女朋友會想聽的話」吧。

但無論他說那句話的意圖為何，很抱歉（其實一點都不感到抱歉），那句話讓未來感到不自在。

未來不喜歡那句話，即便這使她必須與認為「那就是情話的精髓」的世界，產生碰撞，她也是莫可奈何。

未來二十多歲的戀愛都在與這件事搏鬥。

只要未來和某個男性產生一點好感，互相散發浪漫的氣場，進一步發展成戀人關係，類似的話便層出不窮。

未來偶爾會表達自己不喜歡那種話（比如「一輩子都只能看著我」、「我只有妳」、「我們要永遠在一起」之類的），但未來有時也會考慮對方的心情和當時的氣氛，隱忍不說。

未來的戀愛會在不知不覺間變成角色扮演劇——雙方各自扮演符合媒體輿論

和社會認知的「男朋友的角色」與「女朋友的角色」。

老實說，這很正常。因為每個人向心儀對象的第一次告白，也就是吐露最個人、最隱密的情感，都是依循著社會所教的劇本進行。

很多人認為愛情是一種本能，要發自內心地表達，各修各的戀愛學分。

但未來並不這麼以為，就像我們在學校學國語、數學和英文一樣，我們也從媒體上學到怎麼談戀愛，學到什麼是愛情，連自己沒意識到的最瑣碎小事，都是學來的。

什麼是浪漫？什麼是真愛？每項標準都不是我們自己制定的，而是取決於外界。

未來二十多歲時的前男友們，血氣方剛，會依循社會與媒體標準，熱絡地對未來計畫著結婚，不知是幸或不幸，那時候的他們沒有結婚的經濟基礎，因此，僅止於高談闊論，沒一個實現過計畫。儘管如此，還是足以讓未來每次聽見那種話，就感到心驚膽跳。

當然，就像某些人所言，「這個世界變了很多」，現代社會的結婚型態較過去更加多元。不過，未來認為我們依然無法忽略社會長時間以來所形成的婚姻共同特質。尤其是身為女性，未來不得不「防禦性悲觀」，把保護自己視為優先要務，所以，對未來來說，結婚從不在她的人生選項中。

正因如此，每當未來和男友的感情與信任加深，男友毫無例外地聊起「結婚」，都會被未來像打斷陣痛般地，無情摧毀。我們現在彼此喜歡，在一起很舒服也很快樂，到底為什麼事情會超展開，奔向不著邊際的「結婚」呢？未來無法理解這件事。

起先，未來不懂為什麼自己說「我不想結婚」時，很多男友都露出失望神色，直到後來她才明白個中緣由。

他們把那句話視為「我沒那麼喜歡你」的意思。

對未來來說，一個人可以很喜歡另一個人，但不想和那個人結婚。只不過這個世界不這麼認為。就「一般戀愛認知」來說，這是很不可思議的事，是需要上網發文求救網友「這樣的女朋友……我是不是應該分手才對？」的緊急情況。

因此，就算未來說「我喜歡你」，也付出了相應的時間與行動以資證明她的愛，但「我不想結婚」這一句話，就會讓未來的愛情變得「才不是那麼回事」。

這也是為何未來亟需比「結婚承諾」更能表達愛情的「衡量標準」。

她也曾花了很多的時間與努力，向對方解釋她的想法。

當兩人的愛情成熟穩固時，有些男友會點頭裝作理解未來不想結婚，但只要愛情稍有動搖，或身邊的人介入越來越深時，未來的愛就會再次被質疑。長久以來，「社會達成一致」的標準是最簡單明確的，因此，做為社會成員之一，難以忽視之。

年紀到了三字頭，全新世界到來。

三十多歲的男人和二十多歲的男人不一樣，呈現兩極化現象，要不就是對未來展開「浪漫的愛情攻勢」卻不承諾婚姻、餘生和將來；要不就是開門見山地，要求未來「以結婚為前提」交往。

當時，未來身邊「腳踏實地」的朋友都已經步入婚姻，也步上育兒之路。由於未來只想談戀愛，所以她排除了「結婚前提派」的男人，繼續和那之外的三十多歲的男人交往。

不過，還有另一個問題。

這些男人不是真誠的戀愛對象。

儘管情況因人而異，不過還是有很多女性和未來一樣，沒有立刻步入禮堂的打算，仍渴望著浪漫的愛情。這類女性都會有下述的類似經驗。這對未來來說，是很有趣的現象。

「我愛你」只是未來用來表達情感的方式，但經驗告訴她，對某些男人來說，我愛你等同於「我想跟你結婚生子，白頭偕老」。

不出所料，男人們解讀「不想結婚」的方式果然也差不多。未來和有著相同想法的女性只是說了純屬字面意義上的「我不想結婚」，但某些男人會解讀成「我沒那麼喜歡你，這段關係對我來說也不重要」。

還有，某些男人聽見「我不想（和你）結婚」後，認為不結婚還同意交往的女性是可以隨意對待、忽略的對象。所以，他們忽冷忽熱、說謊或劈腿，導致真心遵守交往基本禮儀的女性身心受創。

另外，當他們遲來地確認了「我不想結婚」的真正意義後，會感到被嚴重侮辱，氣自己浪費了感情與時間。最重要的是，未來在二十多歲的戀情裡沒有感受過最重要的價值——守護「自我」。在約會暴力與數位性暴力盛行、分手需要擔心自己人身安危的現在，確實有遇到危險的可能。

未來重新回想自己在二十多歲，向前男友們表達「不婚」的想法時，前男友們投來的懷疑眼光，以及他們為了證明自己的談戀愛方式沒問題，跑去求教無數戀愛高手後，那些戀愛高手所給出的建議。另一方面來說（雖然很遺憾只能這樣想），未來意識到她的前男友們都很了解自己說「不想結婚」的心理。

經歷二十多歲的戀愛期後，讓未來覺得很有意思的是，還是很多男性會把「愛情」與「婚姻」視為一脈相通。

當未來說出「愛」時，男友會相信未來說的，希望「結婚」；當未來說「我不想結婚」時，男友就會覺得「妳並不愛我」。

然而，包括未來在內，徘徊於浪漫叢林中的女性，非常擅長把「愛情」和「婚姻」完全分離思考。不僅僅是對此熟悉，對女性而言，把愛情與婚姻視為同一件事的思維，已經是上一個時代，早就翻頁了。

但是，未來回顧過往時，才意識到大多數男性仍留在上一頁。

未來覺得這可能是因為男性仍然認為，名為「婚姻」的制度是浪漫愛情的結局。可是，仔細觀察過現實婚姻的人就會知道，很多女性都不這麼想了。男性怎麼一邊覺得我「愛」我的女友，卻不知道女友的真實想法呢？真奇怪。

總之，異性戀女性最終不得不嚴肅正視這個事實，自己尋找自己想要與需要的浪漫愛情面貌，並鉅細靡遺地開出擇偶條件，導致許多女性的擇偶清單都超長——我的理想對象應該有哪些條件，又要排除哪些條件。

但即使擁有了擇偶清單，女性的選擇也不多，就兩種。勉為其難地收下一個名為「浪漫愛情」的綜合大禮包，連帶收下內容物之一——「婚姻」後，為婚姻犧牲奉獻；或兩種都拒絕，不要浪漫愛情也不要婚姻。兩者之一。

只有少數像未來一樣有著過人毅力的女性，拒絕以上兩種選項，不斷地思考與徬徨，還有，明知戀愛會帶來反覆的失敗與煩惱，仍不屈不撓地繼續下一段戀愛。

這是因為「戀愛」是無法一個人完成的事，所以，哪怕女人手持擇偶清單，走向外面的世界，尋找理想對象，但最終那份擇偶清單被以「結婚」為標準，發動「情話攻勢」的男性反利用的機率，壓倒性地高。

女人的心情就像帶著具體的客製化配方——追加一份濃縮，把鮮奶油換成義式濃縮咖啡，還有把牛奶換成豆漿，去了咖啡廳，結果咖啡廳菜單上只有一款咖啡。妳不喜歡這款咖啡？那就別喝了，忍耐吧。全世界充斥著這種脅迫。

All or Nothing？

這年頭，人們都能看信用卡優惠選擇辦哪張卡了，這樣做是不是太過分了？

未來偶爾會思索，有什麼方法能解套呢？我一定得從不喜歡的選項中選一個嗎？如果我不想放棄，也不想妥協呢？

我從年輕就遇到這種問題，是因為我從小心高氣傲，具備冒險精神嗎？

重新回到秀浩是未來「將就」的選項上。

以上述的經驗和想法為基礎，未來在兩年前下定決心，如果我非得在逼婚男人帶來的壓力，與不承諾婚姻的無恥男人之間作選擇的話，我「寧可」選前者。首先，雖然兩個我都討厭，但還是有程度之別。後者明顯有害。最重要的是，還有威脅人身安全的可能。

在兩個討厭的選項中，未來制定了妥協的標準——只要在我清楚解釋我的需求時，對方是能理解我的人就行了。

未來和秀浩是在讀書會上認識的。

第一次見面的時候，秀浩說自己是個對知識充滿好奇心，具有開放式思維的人。他和讀書會夥伴相處融洽，未來和秀浩也自然而然地親近了，慢慢地，未來覺得秀浩就是那個「前者」。

經過幾次私下見面，未來覺得說不定能和秀浩講得通。因為她覺得秀浩是個懂得表達真心與對他人關懷的人；而會吶喊「結婚！！！！！」的人，都很在意體面。

但結果揭曉，一切只是時間問題罷了。

秀浩也是男性，對他來說，「結婚！！！！！」是表達自己真心愛著未來，結婚非但不會損及體面，反而會提高體面。「一心一意愛著妻子的溫柔顧家男」是秀浩這一類男性最常描繪出的中年理想自我形象。

這是今日婚禮導出的驚人意見差異，最近兩人之間不像爭吵的爭吵，不像肢體衝突的衝突，不是矛盾的矛盾（其實就是爭吵、肢體衝突與矛盾）之下，所暴露出的真相。

秀浩是個溫和派。

所以，就算過去未來說不想結婚，秀浩也會順著她說：「我們當然不用馬上結，可是考慮到我們的年紀，尤其是妳的年紀……」

但秀浩今天終於說出口了：

「我真的很好奇，妳也受到『不婚那種東西』的影響嗎？妳常看女超[1]論壇？」

說實話，未來確實受到「不婚那種東西」的影響（因為我們都是活在社會中的人類），也看過所謂的「女超論壇」（知道女人有多幽默嗎？）。

但是，從很久以前開始，某種神秘的作用讓整個宇宙朝女孩進行了粉紅色公主玩具的地毯式轟炸，未來只不過是幸運地逃過了轟炸，認知到守護自我最重要，

1 譯註：原指女性人數超越男性人數，性別比例失調的現象，後與性別平權主義有關。女性主義者聚集的論壇或網站會被稱為女超論壇、女超網站。

沒想要有朝一日成為某人的「妻子」而已。

「那妳到底為什麼會這樣？」

秀浩精通三國語言，畢業於韓國最優秀的大學，又是頂尖大企業的職員，顯然，他的智商高於普通人的平均，但他似乎完全狀況外。

儘管如此，根據種種欲望衝突和經驗綜合判斷，未來自己選擇與秀浩交往一年又一個月，但這樣下去，未來的人生會變得怎樣呢？

未來想這些事，不只是因為秀浩，一想到要和某人共度一生，未來腦海中就會浮現「和那個人做這個、做那個，一起度過往後幾十年歲月」的期待感，而不是每天過著反覆的日常，等待死亡到來的那天。如果事情真的變成那樣……未來感到窒息，彷彿是已經被關進棺材一樣。

在那口棺材裡，她會像現在一樣，一直聞著同一個人的口水味與汗味。

但即使未來和秀浩分手，熬過失戀的小悲傷，再找到新對象，她又得從頭經歷多少的嘗試和錯誤呢？未來很清楚要遇到「還可以」的人，絕不容易。想到這裡，她又是一陣悶。

有人問過未來：

「妳明明也說選擇『將就』讓妳很痛苦，那妳幹嘛非得談『戀愛』？」

未來總是這麼回答：

「我也這麼想！真的太累了。」

在這個問題上，未來不認為有適用於所有人的結論。

因為某些無法掌握也無法解釋，實際上也沒有義務與必要解釋的理由，名為「未來」的這個個體需要浪漫。當然，這不意味未來不談浪漫的戀愛，她的日常就會崩潰，會因此變得特別不幸，只是談戀愛的時候，她的日常更美好，心情更愉快。這是未來根據自己的天性與環境，整合過去經驗所得出的結論——我需要浪漫。而沒有人能任意地評價這個結論。

再加上，從更細緻的思路上來看，未來深知自己還沒找到最適合自己的戀愛方式，也就是還在為尋找「最佳」而徘徊。因此，未來很久以前就下定決心，不再自責。因為這一切絕對不是她的錯。

她只是不知道怎麼樣才能找到「最佳」。

而現實中是否有最佳的存在，也是個問號。

這是長久以來籠罩於在未來愛情上的悲劇。

●

「齁。」

秀浩在旁邊發出了奇怪的呼吸聲。

三個月前，不，如果是六個月前，未來也許會覺得他很可愛。現在？休想。

未來把偶然發現的天花板的光線所帶來的啟示與醒悟，反覆銘刻於心。時機，再次到來。

在茫無頭緒的思索中，未來得出了某種結論，抱著不輕鬆的心情，再次闔眼，卻難以成眠。

1 各種幻想裡的他

三個月前，未來與秀浩分手，再次回復單身。現在的她，正在首爾市麻浦區的一棟建築物二樓休息室裡。

未來的職業是自由設計師，實際上，她不僅會負責設計工作，也兼顧行銷與經營。總之，就是這麼回事。

雖然未來在大學畢業後當過短暫的上班族，但比起被綁在同一個地方工作，她更喜歡自由自在地行動。這不僅是在戀愛上，也是未來大半人生的趨向。所以，最終她還是成為了自由工作者。

她現在正在大學學姐的新創公司幫忙。學姐和未來讀的是不同系，兩人因為修同一門通識課才認識的。學姐想開發減肥、素食、飲品式和便當等的代餐與懶人便利餐。

未來和學姐有很長一段時間沒聯絡，純粹透過聊天軟體的大頭照，確認對方是死是活。在未來和秀浩分手後，學姐突然問她在做什麼，如果還在從事設計，想約她見面談談。

雖然很久不見，學姐沒什麼變。她突然問未來：

「未來，妳也是一個人住吧？」

「是啊。」

「妳也不太下廚吧？不，妳老實說，妳是不是不會煮飯？」

「嗯，我大部分都買外食。」

「那一定有人會嘮叨吧？一個人住怎麼可以隨便吃～？」

「完全正確。」

「有人規定飯、湯、小菜一定要親自下廚嗎？是誰規定的？」

「就是說啊。會說那種話的人，應該都是媽媽負責煮吧。」

「大家只要考慮到自己的條件，記得按時吃飯，又吃得營養，不就好了？」

「是啊。」

「這是我想做生意的原因，也是我的公司的主要方向。妳會幫我吧？」

說起來，事情就是這樣開始的。

學姐小巧可愛的新創公司設在麻浦區的共享辦公室裡。共享辦公室是一種新興概念。隨著像學姐一樣充滿年輕活力的創業家們，如雨後春筍般陸續出現，共享辦公室也應運而生。

自古以來，想做生意就需要空間，要空間就得跟出租空間的人或單位簽租約，還需要資金，也需要買辦公室家具和物品，和支付辦公室管理費等。

但是，隨著共享辦公室的出現，創業家只需要按月支付辦公室租金，儘管從坪數來看，共享辦公室的租金略高，但能減輕買新家具和管理費用的負擔與資金支出。

儘管未來不太了解經濟和經營（這正是成為未來老闆的學姐所主修的科目），不過，她平時就愛利用首爾市公共自行車，總之，未來很喜歡「有需求的時候，需要多少用多少」的「共享經濟」概念。因為這跟「擁有」一輛自行車時不同，未來不用擔心自行車遺失或壞掉，且能就近還車，不會有壓力。

從這層意義來說，未來雖然不清楚學姐是怎麼想的，但她把公司設在共享辦公室裡似乎非常合理，未來認為共享辦公室的最大優點就是，不用一下子把事情鬧得太大，能輕鬆地開始。

此外，共享辦公室的另一個優點是會「共享」辦公室的人，年紀和未來或學姐差不多。

實際上，會坐在辦公室裡的，幾乎只有未來。學姐忙著穿梭於開發與製造食品的工廠和研究室，潛心製作樣品。在學姐忙碌的時間，坐在辦公室裡的未來也沒閒著。她要考慮首度上市產品的名稱、包裝與包含所有產品的品牌化作業。起先，未來疑惑：「這麼重要的事，全由我一個人進行？」但經歷過後，她才發現，原來大多數的新創公司都是如此。

一個人工作對未來來說是再熟悉不過的事，不過，工作難免有無聊和鬱悶的時候。每當那種時候，未來喜歡望向玻璃隔間外的辦公室，或走出辦公室，去休息室看著旁邊、旁邊的旁邊、旁邊的旁邊的旁邊的新創公司在忙什麼。雖然共享辦公室的會員們不是一天到晚一起吃飯，或坐在旁邊做著一樣的工作的同公司同事，但大家在同一個空間內，保持適度的距離感之餘，照樣能給予適當的緊張感，著實不錯。

除此之外，這個「共享辦公室」也是由一家「新創公司」所創立的，室內裝潢走現代簡約風，用APP支付會員費和預約會議室的系統也很方便，還有……

「未來，妳好。」

未來很喜歡這家分店的經理始源的笑眼。

「是，你好。」

每當未來在休息室或走廊裡遇見始源時，他總會先打招呼。未來很清楚這是做為經理的禮貌，但還是很開心。不過，未來表情總是很僵硬，生怕開心漏了餡。

始源削短的栗子髮型，金屬細框眼鏡，大大的五官以均衡的比例分布在小臉上。未來喜歡始源一如既往的整潔端正衣著，不過於誇張也不會太低調，恰到好處，加上低沉的嗓音，沉穩的語氣。最關鍵的一擊是，始源那雙厚實的大手！怎麼會發生這種事！

所以，未來對學姐說過：

「學姐，這間共享辦公室的經理……很帥吧？」

「是啊，給人印象很好。喔？我覺得他很適合妳呢。」
「哎呦，幹嘛像中年大叔一樣說這種話。」
「裝什麼啦，妳明明很開心！」
「因為妳故意說這種讓我開心的話！再說了，他長那樣怎麼可能沒女友？」
「嗯，也是……」
是啊，任誰看都是「嗯，也是……」。
這世上本來就沒多少好男人，尤其是日常身邊要遇見長相俊俏的好男人，更是難上加難。
首先，始源不僅是個第一眼帥哥，還有著寬肩、高個子，感覺身邊應該有個漂亮、品味好、有個性、有出色職業的女朋友。也許事實並非如此，但未來回顧過往經驗，大多如此。
當然，未來並沒有很在意這件事，而且她現在也不確定始源是不是個有害的人，是不是個能讓未來守護自我的男友候選人。在現在這個階段，堅持這些原則顯得很可笑。對未來而言，始源不是現實人物，他可不是偶然看到的偶像舞台「直拍」[2]影片裡的花美男，而是存在於現實世界的花美男，自帶距離感。就此結果而言，始源和「直拍」影片中的花美男沒什麼兩樣，所以，未來反而不考慮自己與始源的可能發展，只把始源當成日常生活賞心悅目的樂趣。

然而，讓未來小鹿亂撞的事件發生了。

始源透過共享辦公室應用程式傳來了一條訊息：

「歡迎大家參加『所有人的辦公室』開業兩週年紀念社交派對！」

只要是共享辦公室會員都能參加，不收參加費，無限提供簡單酒食……（等等等等）

在那一瞬間，未來的腦海裡突然浮現一種可能性。

莫非這是個拉近與「直拍」世界中人物距離的機會？

2 譯註：指在一場表演中只拍某特定成員。

我去到某個地方，拿著香檳，和那個人談笑甚歡，變得親近。這樣一想，這次確實是千載難逢的機會。

不過，未來也必須考慮到以下事實：

1. 我真的想拉近跟始源的距離嗎？
2. 即使拉近了距離，對我真的是好事嗎？
3. 在派對上，我也有可能和其他共享辦公室使用者變熟，這樣好嗎？

首先是第一點。

在過去兩個月裡，未來只要想到始源就心花怒放，常想著「想跟他親近」、「想約會」、「想更了解他」。諷刺的是，這在現實生活中，無異於痴人說夢，純屬未來單方面的想法。

當我真的和始源交談，更了解他時，說不定我會感到失望，事情有很大的機率會變成這樣。

比方說，在始源那張好看的臉背後，隱藏著他會上奇怪的網站，下載性剝削影片的犯罪者身分。

只是預想一下最壞的情況。

事情當然未必這麼糟，但始源也有可能是我非常討厭的電視節目的忠實觀眾，是個跟我笑點很不合的人。從經驗上來看，機率甚高。

如果我知道了這些事，以後和始源的巧遇、問候，一定不會像現在一樣開心。

在現實中發現一個長相是天菜的人，維持現在的距離感，享受「榨汁」的小樂趣才是明智之舉，不是嗎？

第二點。

雖然機率很低，不過要是始源和我很聊得來，固然好。假設我們的關係往好的方向發展，那我們豈不是成為了「不同公司」，卻在同一個空間裡工作的關係。這沒關係嗎？

未來之所以不喜歡「校園情侶」、「辦公室情侶」之類的，是因為很難區分自己的生活和戀人在一起的時間。當然了，身邊的人各種沒禮貌的言行與干涉是附帶因素。

光想像兩人交往的情況就會有些不安，甚至還有可能發生這種情況。要是我們只是搞個曖昧就意外結束了呢？要是我告白卻被打槍呢？要是我們交往又分手了呢？

學姐的公司還沒有正式上軌道，還有很多事要做。這家共享辦公室是這個業界中最優秀的。以未來為例，她從家裡騎十五分鐘自行車就能到，而且附近有很多好吃的店，沒有比這裡更好的辦公地點了。

在這種情況下，如果未來和每天在同一間大樓裡見面的共享辦公室分公司經理變得尷尬，確實會造成困擾。

第三點。

未來對現在的工作環境感到滿意的最大原因就是，雖然每天見到一樣的人，但能保持彼此之間的距離。

未來在這裡上班三個月左右，她只要看看旁邊、旁邊的旁邊、旁邊的旁邊的旁邊的辦公室，就能大致記起其他人的長相、服裝風格和特性。

舉例來說，那個女生喜歡穿印有隔壁辦公室標語的帽T，喜歡在同一時間去刷牙；隔壁辦公室的男性們喜歡穿著寫著大學與系名的系夾克，愛買甜甜圈吃，在休息室和女友的對話很肉麻。

反過來，說不定他們也記得未來——總是背著環保袋，喜歡穿運動鞋，愛外帶沙拉吃，如果有人觀察力夠好的話，還能發現未來實際上擁有兩雙同款不同色的鞋，偶爾會換環保袋上掛的玩偶吊飾。

記得歸記得，未來和他們沒必要互相打招呼問候。

對未來來說，這是最好的地方。

但如果我參加社交派對，和他們打招呼後進一步了解彼此，我還能像現在一樣不打招呼嗎？如果我加班到深夜，隔壁辦公室裡打過招呼的人也一起加班，要是我比那個人更早下班，我要打招呼好還是不打招呼好呢？我能保證不會出現這種情況嗎？

一切都很難下結論。

未來先打電話給學姐。

「喔，我那天沒空，得去大邱看樣品。」

學姐的回答簡潔明快。

未來假裝什麼都不知情，「被學姐不得已拖去參加派對」的小算盤夭折了。

「好吧，我知道了。」

「妳會去嗎？妳去吧，去交朋友。」

「嗯，好，我考慮一下。」

回答後，未來決定暫時忘記這件事。

因為未來現在還不知道怎麼做才好，忘掉它吧，船到橋頭自然直。

更坦白地說，未來可以想出太多個不去參加，心裡會更舒服的理由，但她只是因為茫然的遺憾，才刻意推遲決定。反正，先這樣，先假裝不知道這件事。

在社交派對當天，未來終究是現身了。

那是因為兩天前早上發生的事。

那天有份工作一定得完成，所以，未來前一天在家裡工作到很晚，沒什麼睡。

她擔憂著自己好像要爆發又還沒爆發的身體狀況，拖著不舒服的身軀爬著樓梯，走向辦公室。

正巧始源走下樓梯。他一見到未來就笑得宛如初夏陽光般燦爛。

「未來，妳還沒申請參加社交派對。那天不能來嗎？真希望妳能來。」

未來不自覺地吞嚥口水，前一刻還重如千斤的肩膀，瞬間變得輕盈無比。事情就變這樣了。

社交派對在平常做為休息室之用的空間裡進行，提供（幾乎是）無限的小點心、特色紅酒和生啤酒。如果有仔細注意的話，會發現餐飲上頭寫有附近餐廳的名字。果然年輕人們的新創企業在這方面心思很細膩。

未來雖然沒和學姐結伴參加，不過，她不介意一個人參加，也沒有社交障礙，能和第一次見面的人天南地北地自在聊天。

但唯獨這一天，她比過去任何時候都要緊張，似乎是太在意始源的關係。

當未來和站在舞台上當主持人的始源目光對上時，她確信始源對自己笑了笑。

啊，完蛋了。

不行，得緩解緊張才行。

未來很快就開始喝酒。

「謝謝大家今天參加社交派對。」

這一天的儀式有著自己的流程。

首先，大家先進行簡單的自我介紹，接著，「所有人的辦公室」的總公司老闆上台談「所有人的辦公室」的成長與發展。

雖然了解旁邊、旁邊的旁邊辦公室裡從事的事業，是很有用的ＴＭＩ[3]，不過，「所有人的辦公室」老闆的ＰＰＴ內容非常無聊，還有點肉麻。全都是和未來八竿子打不著的內容。幸好能看見主持人始源邊傾聽邊可愛地點頭，未來覺得還是可以接受。

主辦方準備的問答等幾個環節陸續過去（各公司擺出自家公司的主打商品，氣氛頗熱烈，但越熱烈，未來就越來越不感興趣），自然而然地進入了參加者「社交」的時間。

未來先裝作沒事，偷看始源一眼。始源忙著接待總公司老闆和員工們。

唉，沒想到會這樣。

想到自己還擔心和始源會變得太熟而感到失望或尷尬，未來就覺得自己很可笑。她重新思考了這次的社交派對的目的。啊，是為了讓使用者之間「社交」，可是，我真正想「社交」的另有其人。私心過重，導致沒能把握客觀事實。未來感到灰心。

嘖，事情變成這樣……那我得大吃迷你三明治，大喝免費酒水才行！

未來不帶留戀地設定好新目標，把心態放輕鬆後，打算把始源拋在身後，轉身離去。

與此同時，有人對未來打招呼：

「啊，您好！」

是隔壁辦公室有固定刷牙習慣的女性——瑟琪。未來對她展開真心的笑容。

3 譯註：Too much information 的縮寫，指不是很想知道的多餘訊息。

「哇，這個好棒，真的會震動……！」

未來酒興上湧，加上在陌生人面前的緊張感，聲音比平時高了兩個調。瑟琪的公司主要研發女性健康管理應用程式。未來興奮地當著瑟琪的面直接下載，並且註冊了那個應用程式。

未來這才知道，瑟琪公司的健康管理程式主要都和性有關，主要功能有輸入和管理月經週期，還可以上傳關於生殖器和各種性資訊，甚至提供了震動器[4]體驗功能。會不會太優秀了！

未來邊感受手機的震動，邊噗哧地笑著，和瑟琪就像姐妹淘般雀躍交談。從無關痛癢的內容，像是彼此推薦 Netflix 影集、推薦附近的美食店，隨著發現彼此很合拍，聊天內容也逐漸變得敏感。

比方說，說共享辦公室會員的壞話。

瑟琪先開了頭。

「那間辦公室的人不懂使用會議室的基本禮貌，規定不能吃味道強烈的食物，他們硬要吃，也不懂得換氣通風……」

「啊，沒錯。」

「還有，有些人在休息室裡打鍵盤的聲音很吵，對吧？會發出聲音的機械式鍵盤留在家裡用就好了，幹嘛帶來共享空間造成別人的困擾……」

「嗯，我也覺得不舒服。」

「還有……雖然應該要互相尊重個人喜好，可是在公共場合看阿宅動畫片的人有點……該說不在意自己的社會形象嗎？」

「我也看到了！尺度有點踩線……」

瑟琪尖銳的評價層出不窮，彷彿這段時間沒人能傾吐般，把所有的事都說出來之後，她露出了輕鬆的表情。

很快就找回理智的瑟琪，朝未來拋了個眼神，「輪到妳了」，好像未來是共犯一樣。未來也得有差不多程度的努力，才能讓她感到安全，這個場合才能圓滿

4 原書註：一種女性用自慰用具。

結束。因為這是屬於普通成年人之間的社交禮儀。未來為了提供一點吐槽內容，重新思考這段期間在辦公室走動，哪些事情讓她感到小煩躁。

就在此時，始源和站在他身旁的總公司員工映入了未來的眼簾。

啊，就是這個，不用特地去找的今日煩躁原因。

帶著醉意的未來即興地開了口：

「老實說，今天這種場合有點那個吧，有必要說這是（雙手兩隻手指向下彎做引號手勢）社交派對嗎？好肉麻，跟普通公司聚餐沒兩樣啊。」

「喔，沒錯，沒錯。」

「韓國新創企業模仿矽谷，不覺得有點丟臉嗎？我發現每間辦公室都太愛學人。」

「啊啊……」

「不用這麼刻意，我的意思是，對我們這些使用者來說，剛才那個ＰＰＴ是『不問不奇』[5]，有需要把大家聚在一起開派對嗎？老闆是自己想練習演講吧？在這裡彩排以後要對投資者說的話，靠免費的酒和迷你三明治把人拐來，真夠卑鄙的……大家拿他沒轍，只好假裝聽他說話。」

這時候，未來身後傳來了低沉的聲音。

「啊，原來會這樣想……下次活動的時候，我會參考妳的意見的。」

是始源！

未來瞬間感覺酒醒，這才曉得和自己面對面站著的瑟琪，為什麼會變得這麼尷尬。實際上，她喝得太多，正如字面所說，「感覺」酒醒而已。醉醺醺的未來尷尬地看著始源，始源臉上沒有特別的表情，用公事公辦的語氣說道：

「我，該去宣布派對差不多結束了……」

「喔，好的，我先走了。未來，下週見！」

在始源說完話之前，未來的姐妹淘瑟琪先閃人了。

看見瑟琪尷尬的行動，未來更確定了自己說錯話。現在只剩下她和始源了。

「好的，那麼……今天謝謝您了。」

未來不敢看始源的臉，於是提高問候的禮貌值。

5 譯註：「不想問也不好奇」的縮略語。

過去的未來，只是個和始源文靜問候，懂禮貌又知進退的人，但現在看來，她別無選擇地背上「借酒裝瘋，胡說八道」的污名。從現在這種情況來看，這是事實，未來無力扭轉乾坤。

原來，讓人失望的人不是始源，而是我……

喝醉的未來神智不清地責怪著自己，身體瑟縮著，視線快速掃過休息室。我的包包在哪裡……剛才坐的地方在哪裡……

後方傳來了意外的聲音。

「酒還剩很多，如果妳不介意，要不要再喝兩杯？」

未來一時之間懷疑自己的耳朵，想著會不會是陷阱？回頭一看，始源用一如既往的親切表情看著她。就算始源以後再也不跟我打招呼，我也沒辦法，我不是已經收拾好心情了嗎……真的收拾好了嗎？

「當……當然好！」

未來朝始源展開尷尬又燦爛的笑容。

雖然酒意稍微（大量）湧起，但（所以更）無法拒絕這個提議。

未來下定決心，明天開始戒酒，要用莊重和沉穩的態度挽回先前的草率發言，讓始源見到更好的自己。而且比起自己說話，要多傾聽始源說話，要更了解他。

我辦得到的，先喝杯水吧。

未來這時才想起包包放在辦公室。

●

「啊，因為真的沒有適合戀愛的對象……」

「我不是說全天下的男人都這樣。」

「不知道大家是不是都是邊戀愛，邊思考什麼是愛情。全部都在模仿別人談戀愛。」

「為什麼相愛的兩個人一定要結婚？大家明明都沒自己動腦想過這件事。」

「一看就知道會發生什麼的戀愛好無趣，我不想再談那種戀愛了。可是，人總是會有孤單的時候嘛……這是我的錯嗎？」

我到底為什麼要說這些話？

這天，「啊，完蛋了」的念頭無數次地出現在未來腦海中，但她終究停不下那張吱吱喳喳說個不停的嘴。

未來下定「要多傾聽始源說話」的決心，化為泡影。

未來給自己找的理由是，始源那張近在咫尺的俊臉，誰能拒絕得了那張臉倒出的酒，更何況她還趁醉大放厥詞，宣稱自己千杯不醉，所以，也只能繼續喝下去。反正都完蛋了，就徹底完蛋吧。就這樣，又喝了一杯……

未來也有過好幾次搞「曖昧」搞得很開心卻無疾而終的經驗。在不知不覺中，她說出了在約會時輕率提起絕對會讓曖昧破局的話題。

從古典小說、宗教、政治，到最近那該死的「性別議題」。

興致一上來，未來永遠是第一個打開話匣子的。她對這個世界所有事都感興趣，對所有的事都有明確的主見。她並不覺得在別人面前表述己見尷尬，她甚至會安慰自己，是因為自己天性愛辯。

無論「天性愛辯」的理由是真是假，未來只要被某個話題吸引住，就沒人能擋得住她，連她自己也擋不住自己，只能任由自己悲壯地朝著曖昧破局的盡頭狂奔。

未來當然也知道這是沒辦法的，從長遠來看，曖昧破局是必然的事。反正戀愛看的不是結果，是過程！每當相同的事屢屢發生時，未來的心情就像過快翻到小說結局一樣。她比誰都不願意，用自己的雙手翻頁。

從很多方面來看，就算為時已晚，未來也應該要制止自己繼續說下去。

「沒什麼，我只是說過去有過這樣的情況……像你這種人有可能不理解……」

未來差點繼續說出第二、三、四段的胡言亂語，比方說「真是的，我有夠沒分寸的，幹嘛說這種話？」。在巨大不幸中的唯一小幸，就是她勉強停下了嘴，重新尋找包包。

「不，儘管我的感受沒妳這麼深刻，但我確實也有過相同的感受。」

聽了始源說的話，未來暫時陷入迷惘。是喝醉的幻聽嗎？是夢嗎？我做了自己變成電視劇女主角的夢嗎？如果是夢的話，請別讓我醒來……不過，有這種想法的通常都不是女主角，是女主角身旁的跟班。

「當然，我也不是一開始就有這種感受，是在幾年前，有人跟我說過類似的話。不過，原來妳也有類似的煩惱啊……真有趣。」

「喔，真的嗎？」

未來豎起耳朵的同時，大腦也在全速運轉。

那個人……是誰？會是誰呢？前女友？還是現任女友……？

「聽完那個人說的，我發現我們所認為的戀愛，是從很多地方學來的。身為男人，我學到了很多『應該要這樣對待女人』、『女人很喜歡這樣子的』……而且學到以後，我很少懷疑這些事的對錯，特別是在談戀愛的時候，更是如此。」

「沒錯！在懷疑這些話的瞬間，你就變得不討喜。大家都說這樣做很好，你居然說不好？那你是不是沒那麼喜歡我？談戀愛比較沒那麼喜歡對方的人，一定會成為壞人……」

「是的，聽那個人一說，我也開始思考了，對我來說，什麼是重要的？我想要的是什麼？」

「原來如此……能這樣想，真的非常好。」

人家只是客氣附和，未來的心情卻變得古怪。

「以前，我最常思考自己心目中的理想女性形象，但我好像是第一次思考我想要什麼樣的戀愛關係。比如說，我從很久以前就覺得自己不想結婚，但我為什麼不想結婚？我想要的到底是什麼？」

啊啊，怎麼回事？這部電視劇的女主角真的是我嗎？

我竟然和我的天菜，在這種複雜又敏感的話題產生了共鳴，並大聊特聊？這真的不是夢嗎？未來的心臟噗通噗通地跳。

「那麼……你得到結論了嗎？」

「是的……得到了初步結論。」

「其實，在這個問題上，我最好奇也最鬱悶的是……就算我知道了自己想要的是什麼，但在現實中真的有可能實現嗎？因為戀愛不是一個人談的，不是嗎？」

短暫沉默的氣氛中，未來的聲音不自覺地再次上揚，因為這真的是未來好奇又鬱悶了大半人生的事，不管是私心所致，還是其他原因，她感覺到內心的焦躁，只是她分不清這股焦躁，來自對始源的渴望，還是對長久以來的問題，貌似能獲得一些線索的期待感。我都這麼努力了，就算你不給我答案，起碼給個吻啊……我是說真的。

在神色如常的臉龐之下，未來的小心思開始暴走。始源答道：

「沒錯，這就是重點。即使我確定了自己想要的是什麼，也相信自己要的是那個，但不親自嘗試，我絕對不會知道結果是好是壞。」

「就是說啊，所以……」

「那個，未來，妳覺得我怎樣？」

「什麼？」

「其實我對妳很好奇，越和妳親近，就越想多認識妳。」

「真的嗎？」

「是的，如果妳不介意……我能，牽妳的手嗎？」

未來漲紅了臉。偶像「直拍」影片中的男人竟然開口說話，「妳在看我的時候，其實我也在看妳喔」，哎呦，別說手了，就算是推銷玉石床墊[6]，我也會買一張……

在未來沉醉地伸出手的瞬間，始源說道：

「啊，不過還有一件事。有一種戀愛關係叫作開放式關係。」

「什麼……？」

不應該是這樣，與其這樣，賣我玉石床墊會更好吧？

未來瞬間縮回欣喜伸出的手。

最先湧上的情緒是介於慌張與無奈之間的不悅。

今天這是怎麼回事？「完蛋了」、「真的完蛋了」、「徹底完蛋了」、「完了，是最後了」、「完蛋了完蛋了，是結局」……是這種意思嗎？

「我們剛才談到什麼樣的關係最適合自己，對自己最好……經過認真的思考和交流，我和我女友決定進行開放式關係。是她先提的，我也同意了。」

「啊，是的……」

「妳可以想成是兩個人不獨占對方，開放地對待一段關係。我的女友今天也去跟別人約會了。」

「啊，真的嗎？啊……」

是啊，話得聽完才行。

是情侶沒錯，但重要的是做為「開放式關係」的情侶。

通常人們認為的戀愛是一對一的，而「開放式關係」指的是，不是一對一，互相壟斷的戀愛關係，而是彼此不獨占彼此，允許對方與他人交往的「非獨占式戀愛」。

所以，就算有交往對象，如果兩人的關係是「開放」的，始源和別人建立新關係本身並無不道德之虞。

6 譯註：可以控溫加熱的床墊，有保健效果。在韓國，有些推銷者會吹噓誇大療效，欺騙老人家花大錢購買。

因為，開放式關係不是出現一個「主人」後，其他關係的可能性就會被正式關閉的「售罄男」的概念。從理論上來說……它更近似於大家一起共享的某樣東西，像是……我暫時用過，當別人需要的時候，別人也能使用的……公共自行車……之類的概念？直拍影片中的花美男原來是公共自行車？

「我絕對不是隨口說說，我非常明白妳的煩惱，也很認真。說不定開放式關係是妳在尋找的答案。」

「啊，是的……謝……謝謝。」

未來也不知道幹嘛說謝謝。

未來當然聽說過開放式關係，因為她無時無刻都被只能「將就」的戀愛所困擾，並渴求戀愛，這幾乎像是一輩子的課題一樣，跟隨著未來，因此，她比誰都快掌握戀愛領域的「潮流」（？）。類似的開放式關係的情況還有「多邊戀」，簡單來說就是「多人戀愛」，概念和韓國電影《我的花心老婆》（아내가 결혼했다）[7]裡頭演得差不多。無論是開放式關係還是多邊戀，這一類的新興戀愛概念都屬於「西洋文物」，所以，在韓國很難找到明確的定義，在韓國也很難套用。不過，如果上網搜索，再利用翻譯軟體翻譯外文的話，就能夠知道，「開放式關係」

是個比「多邊戀」更寬鬆的概念。它不是「獨占式戀愛」，是更近似一切戀愛型態的最上層概念。

正因為它是非獨占式戀愛，是彼此都能守住自己位置的愛情型態，所以，未來從以前就很感興趣，也很好奇，也想過假如有一天有機會親自嘗試，她願意一試。然而，現實中，有太多「花花公子常見的藉口：我談多邊戀.txt」，再說了，「納妾制」的弊端仍存在於韓國土地，未來樂意……其實一點都不樂意……做出新的嘗試——挑戰多邊戀愛。而且，從人性上看來，真的談起多邊戀，吃醋是必然的，痛苦也是難免的，所以，未來只是把這件事納入「多邊戀戀愛風格之理念篇」，並未發展到實務篇。聽說歐洲，尤其是柏林一類的「流行」地點，開放式關係很熱門，很多人都在談開放式關係。但是，始源，竟然說他在談開放式戀愛？

儘管未來喝了非常多酒，不過這段話的衝擊力過大，酒意漸消，意識變得清晰。

7 譯註：翻拍自同名小說，描述一個已婚女性不顧一切宣言要結第二次婚，同時擁有兩個老公。

「妳覺得呢？」

「喔……我也不清楚……其實我認為開放式關係是很理想的戀愛狀態……可是……」

「可是什麼？」

「可是……真正的問題是，它在現實中是可行的嗎……雙方的信任有可能達到那種程度嗎……」

未來無限拉長語尾，我該怎麼解讀始源的話？

可能性有二：

1.另一個版本的「花花公子的藉口」。

2.他是真的在認真談開放式戀愛的戀愛實驗家。

如果是 1 號，那就用不著考慮，而且未來以後見到始源應該會繞路走，但如果是 2 號呢？如果真的是 2 號……？

「如果妳感興趣的話，妳願意……和我來一次嗎？」

「什麼？」

如果是普遍認知的「來一次」，未來應該不會這麼驚訝。

未來有生以來第一次聽見「來一次開放式關係吧」這句話，所以，不知道該怎麼回答才好。啊，既然不知道怎麼回答，要不就按常理的解釋去解讀吧，先不顧一切「來一次」再說？未來花了很大的力氣才控制住暴走的思緒，認真地思考：

事實：始源在跟未來發展關係之前，先「坦承」（Open）了，他有正在談開放（Open）式關係的女友。

我能相信他的開放式關係，不是網上那種意圖不純的開放式關係，而是真正的開放式關係嗎？一想到始源那寬闊的肩膀和帥氣的笑容，未來就很想相信他。但真的，真的能相信嗎？

「所以說……你女友也有相同想法，是嗎？」

「是的。」

「不是你單方面的想法？」

「不是。」

「怎麼可能，不會吧，真的嗎？真的……是真的？」

「哈，是真的！真的，真的。」

始源嘴角上揚，露出了迷人的微笑，未來的心噗通一跳，加上已經喝了三小時的啤酒、紅酒，還有各式各樣的混酒，未來的理智到達了極限。隨便啦，我只想親那個看起來很誘人的嘴唇，互相熱吻後入睡……

「最好是，我還是得聽她的說法，才能確定是真是假……啊，我不知道了啦，啊，我不相信……」

在未來意識到睡意上湧之前，就先趴倒桌上。

2 為什麼我得分享你

幾天後。

未來在「所有人的辦公室」麻浦店附近一家咖啡廳裡。

她先到咖啡廳，剛下班的始源隨後才到。她與始源面對面而坐，兩人之間彌漫著些許緊張氣息，未來尷尬地比著：

「要不要先點咖啡？」

「啊，她說快到了……」

「喔，好的，那就等她到吧。」

未來極力保持冷靜，卻管不住不斷飄向門口的視線。

帥氣美麗的人群熙來攘往，「是那個人嗎？還是是那個人？」未來邊獨自焦慮，邊偷覷始源的臉色。看起來都不是那些人，未來暫時安心。情敵即將入場，未來的心在想快點見到始源女友的好奇心，與立刻起身走人之間，不斷地徘徊。

這一瞬間所蘊藏的所有可能性，幾乎要逼瘋未來。

不知道始源是不是察覺了未來的心情，向來神色自若的他抬頭道：

「其實，我也是第一次面對這種場合，比想像中更緊張。」

未來這才看清楚始源的臉，他被這種場合的緊張氣氛壓制了，完全不敢直視前方。他漲紅的臉龐不像在撒謊。

「啊，你說……你是第一次？」

「是的，我第一次像這樣三人約會。我最近沒遇到新的人……」

「對啊，你休息了好一陣子，跟我不一樣。」

這時候，從遠處傳來了一個陌生的中低音。

未來抬頭。

始源的女友站在那裡，一如未來想像過的畫面。

未來用僵硬的表情起身，悲壯地說出第一句話：

「您，要喝什麼咖啡？」

這一切是怎麼回事呢？

喝過頭的「社交派對」的隔天，是幸運的週六。

雖說記憶碎片七零八落，但未來還是保有些許前一天的記憶。她記得自己在始源的攙扶下，坐上計程車，並發揮驚人的歸家本能，平安到家。手機短暫的通話紀錄顯示，她可能還告知了平安到家的訊息。

到底有多久沒喝得那麼醉？在久違的混亂中，未來回憶著。三十多歲之後，因為體力下滑，好像沒喝得這麼醉了……沒錯，三十歲生日是最後一次了，因為過生日，所以喝到凌晨再去ＫＴＶ續攤，吃完豆芽湯飯解酒後，又重開酒局的那一天……歷時二十小時……嘔，光想就噁心。

未來把頭埋入枕頭裡，動也不動地躺在床上。

未來忽然覺得溫馨又平靜，儘管還沒擺脫租套房的處境，儘管躺在舊床墊上，但是我有一個靠自己賺錢換來的小房間，讓人無比感慨。這就是所謂的大人嗎……

喔，可是有點渴……起床喝杯水好了……只要爬起來，走過去打開冰箱……

未來像說夢話般喃喃自語，再次入睡。

當她重新睜開眼睛，太陽早就翻過山頂，正在逐漸下山。

未來終於爬起來，去了洗手間，也喝了水，還呼嚕嚕地吃了一口煮好的泡麵（正所謂的，一解決所有生理需求）後，她在搜索引擎裡打入「開放式關係」。

即使昨晚的事都忘得一乾二淨，她也忘不了和始源的對話。

「也許開放式關係是妳在尋找的答案……」

啊啊啊……

「如果妳感興趣的話，妳願意……和我來一次嗎？」

啊啊啊啊啊！

始源的聲音、眼神和表情……一切真的是「啊啊啊啊」。是因為讚到爆，所以才莫名起雞皮疙瘩嗎？

未來回想起那一刻，瞬間好奇起來。

昨晚始源是不是喝很醉？

始源做為活動主辦方的人，他勸「再喝一杯」之後，未來開始一杯接一杯地喝。（根據未來的記憶）始源的語氣和聲音都非常地清醒，總之，他似乎不怎麼醉。

在神智清醒的狀態下承認自己談著開放式關係戀愛，建議未來加入……到底憑什麼相信我？要是我說「什麼跟什麼啦，我才不是談開放式戀愛關係的人」，然後回頭放消息，你怎麼辦？真是的，不知道天高地厚。幸好我不是那種人。算你運氣好，有看人的眼光……

這時候，叮地一聲，未來手機響起。

「好好休息後起床了嗎？宿醉嚴重嗎？」

是始源！

事實上，（無論是開放式還是封閉式，對話式還是肉體式！）在「酒後突然轉變的關係」中，最重要的下一步就是隔天的聯絡。如果隔天沒聯絡呢？那麼，在各種方面來說，想成是一段暫時結束的關係，心裡會舒服得多。

可是，始源先聯絡了我！

怎麼辦？我要馬上讀訊息嗎？不讀嗎？讀了以後該怎麼回？難道，我也不自覺地開始了，開放式關係？

在未來不知所措的時候，始源又發了一個訊息：

「今天早上我和女友說了，她約妳一起見面。什麼時候方便？」

什麼？

未來寒毛直豎。

未來跟不上。昨晚來得措手不及、且是爛醉中開始的「開放式關係走向」，該從哪裡回起？又該回什麼呢？她緊握著手機三十分鐘，最後，還是撥給了始源。

鈴聲剛響兩聲，未來還沒作好心理準備，始源就接了電話。

未來：（緊張）喂？

始源：（忍笑）喂，未來。

未來：（欲言又止）胃……好點了嗎？

始源：我很好，妳呢？起床了嗎？妳的聲音很沙啞。

未來：就……那樣，我睡很久，所以沒事了。

始源：那就太好了，早知道我應該讓妳吃點解酒藥，再送妳回去。

未來：啊……我家有，那是會喝酒的三十多歲的人的生活必需品。

始源：（噗哧）太好了。吃完藥才睡的嗎？

未來：因為每次都忘了吃，所以我現在還在家。

始源：（又笑出）雖然晚了，但還是吃一下吧。

未來：好的……那個……（猶豫）

始源：什麼？

未來：我，約好要見……你的女友嗎？

始源：是的，昨天妳不是這麼說嗎？不當面聽她說，妳不會相信。

未來：啊……（聽見這句話，有點想起來了）

未來的回憶

未來：（大舌頭）你用再甜美的聲音跟我說也沒用！！除非她親自來跟我說，
　我才相信！！！開放式關係是花花公子最常用的藉口第一名！！！

因為害羞而摀臉的未來，幸好是電話，所以始源看不見她的表情。

始源繼續說。

始源：所以我跟她說了，我女友很樂意見妳，她很好奇妳是怎樣的人，啊，當然了，妳不用感到有壓力……我只是告訴妳，如果妳想見面就能見面。

未來：啊，好的……

始源：（小心翼翼）就算……不想和我發展關係，但如果妳對開放式關係感興趣，聊一聊也不錯。因為妳原本就是很有主見的人……也是有過相似經驗的人……妳不是也有……差不多的煩惱嗎？

未來：（儘管有些失望，但沒表現出來）啊，是的……當成接受諮詢嗎？

始源：是的，我當然……很想跟妳更進一步……我不能強迫自己忽略我的感覺。

未來吞了口水，聽著手機，好半晌說不出話。

始源的話確實無比甜蜜，但未來還是很害怕，害怕在開放式關係這個未知領域，自己可能受到的傷害，以及過程中可能經歷的痛苦。

但，好奇心使然，不全是關於始源，還有自己透過開放式關係會有什麼感受，能走到哪一步……如果不親身體驗，就永遠不會知道。

對某些人來說，這也許是令人不愉快的假設，但對未來來說，問題不大。但前提是，假如她真的開始了一段開放式關係，不能有人因此而受傷……果然她天性具有奇怪的毅力與冒險心。

說到底，沒有任何人，只有未來自己，才能把未來帶到現在這一刻的咖啡廳裡。

兩女一男。

從構圖上看來，是非常經典的愛情劇——狗血八點檔會出現的場面。小三跟正宮互嗆，抓住彼此的頭髮，還會揮起無辜的泡菜打對方耳光[8]，總之，是得發飆撒潑的情況。然而，這裡的氣氛截然不同。

始源去點咖啡的時候，未來和他女友面對面坐著。

始源女友髮長和未來差不多，更捲些。大耳環，素顏，左臂內側的小刺青，可愛的笑臉，看起來比未來小約四、五歲。又小又白的臉中間的高挺鼻梁看起來挺好看的。與其單純地說漂亮，說是有個性的臉更恰當，不過還是很漂亮的，是一眼掠過也能清楚記得、充滿自然魅力的人。不出未來所料，比起憤怒和嫉妒，未來的心奇怪地狂跳著。

「我叫素里[9]，很高興認識妳。」

還有，低沉卻引人注意的聲音。

「啊，是的，很高興認識妳……」

未來小心翼翼地說，和她對上眼。

她笑了笑，眼神流露出好奇與善意。

「來了，咖啡來了。」

兩人好不容易打了招呼，始源就回來了。

「妳們打招呼了嗎？」

「你回來得太快了。」

「啊，這樣啊，我應該慢一點回來嗎？」

未來感受到，始源和素里兩人之間親密的氣氛。

原來始源和女友說話是那種表情啊，看見始源私下的表情，讓未來覺得很神奇。

「啊，真是的，我應該先說這件事。我就是韓始源的女友，開放式關係是我們兩個的協議沒錯，妳不用擔心他說謊。」

「喔喔，好的……」

「當然，這只是第一關，妳是不是要發展一段關係，全看妳自己。」

8 譯註：出自二〇一四年韓劇《全都是泡菜》的經典場面，男女演員起爭執時，女演員生氣地拿出泡菜，賞了男演員耳光，被稱為「泡菜耳光」。

9 譯註：素里與始源的名字都是音譯，意思分別是「聲音」與「爽快」。故本書三名主角的名字「未來」、「始源」與「素里」的隱含意義是，對「未來」的「爽快」「發聲」。

「是的，當……當然了。」

「不過，我們已經進行開放式關係兩年半了，仔細想想，真的是第一次遇到這種場合……未來，妳真了不起。」

「啊，我嗎？」

未來的臉因出乎意料的話而漲紅。

啊，所以在這段關係中，我不是始源第一次交往的「別人」……

因為那句話，暫時失望的未來，很快就清醒了。妳都見了他的女友了，還計較這些想怎樣？妳希望至少自己是第一個「別人」嗎？人心真狡猾。

我也是無助的老派女孩啊……在未來內心受煎熬的時候，素里接著說：

「雖然我不能完全了解之前交往的人的心情，不過我覺得，大家都是想裝不知情，漠視掉現實，因為直面現實很痛苦。」

「也可能是她們沒有認真考慮過和我的關係。一提起開放式關係，人們經常認為是短暫的交往，短暫找樂子。」

始源補充道。

啊，原來如此。原來身在開放式關係中的人，也跟收到要不要進行開放式關係提議的人一樣，都有苦衷！我倒沒想到這一點。也是，在始源說「開放式關係」的那一瞬間，大家很有可能先提高戒心，而不是認真地考慮接受。就像我一樣。

這次輪到未來說道：

「那麼……始源，你是不是覺得我是會認真看待開放式關係的人……所以才提議交往……是這樣的吧？」

儘管我把「開放式關係」帶來的衝擊暫時拋到腦後，不管怎麼說，始源現在表現出要和我建立愛情關係的意志。這是非常驚人的事。太帥了，最重要的是，我的單戀對象積極地想和我交往。

這件事令人過於驚訝，考慮到整體情況的特殊性，未來不得不起疑。因為對正在進行開放式關係的始源來說，不管對方是多有魅力的女性，如果不接受開放式關係，就無法與之交往。

對未來來說，問出這句話如此悲壯，但始源瞬間綻放帥氣的笑容，興高采烈

10 譯註：改寫自韓國電影《我的野蠻女友》的經典台詞：「我以為我與眾不同，但我只是一個無助的女孩……」

地說：

「是的，上次和妳聊天，我覺得我們非常合拍，更加被妳吸引了。這是沒錯的。只不過在我們還是點頭之交的時候，我就很喜歡妳。我的情況雖然特別，但我沒有急到要和不喜歡的人交往的地步！」

「啊，未來，妳看他啦，真有勇氣。」

在一旁的素里跟著笑了。

受到氣氛影響，未來也笑了，但她不確定自己笑是不是對的。

「我們現在一直說我們是開放式關係，但我認為，因為我們對交往關係保持開放的心態，假如始源或是我，和新交往的人認真發展關係的話，我們自然而然會變成多邊戀……世事難料，在妳決定之前，可以參考一下多邊戀的狀態，好像會比較好。」

「啊，喔──好的……」

在突然滿天飛的專業用語中，未來的大腦進入短暫緩衝，但仍下意識地點頭。

始源讀出她的表情，補充道：

「這是怕妳誤會我和妳僅局限於附帶關係，而且無關緊要……但不是那樣的。」

「啊，啊！是的，我明白你的意思。」

雖說晚了一步理解，但未來還是明白兩人是為了消除她可能發生的憂鬱與不安，才提前言明。事實上，未來是抱著好奇心而來，還沒下定決心，所以她也不清楚自己想要什麼、想要獲得什麼。不過，她稍微放心了。多虧如此，未來的緊張獲得緩解，突然對著素里說：

「可是妳真的……沒關係嗎？」

「什麼？」

「就是始源……也就是妳男友，現在當著妳的面……說喜歡別人。」

如此看來，也許需要勇氣出席的不只是自己，未來瞬間覺得眼前的素里很可憐，但素里睜大雙眼說道：

「當然沒關係！又不是他說喜歡妳，就是不喜歡我。我們的關係不會變，有什麼我應該要覺得有關係的理由嗎？我們所說的開放式關係就是這樣子的啊。」

「喔……？」

「哈，未來，妳不覺得真的很棒嗎？」

「……什麼？」

就是說啊，妳憑什麼可憐人。

未來重新確認了自己的地位。

無庸置疑，這個領域的菜鳥。

「人們都想錯了。開放式關係不是想和別人交往，而是想和那個人長久交往。」

「喔喔……是……是嗎？」

話聽是聽進了，但無法正確接收意思。

未來覺得腦袋咖啦咖啦作響，不由自主地走神。但素里好像把那個表情解讀成很可愛，繼續說明道：

「我們交朋友不會只交一個，不是嗎？我喜歡A，也喜歡B，和他們各自累積友誼，喜歡A和喜歡B的方式也不一樣，這是很自然而然的，不是嗎？家人也一樣。我有爸爸、媽媽、姐姐和弟弟，我喜歡每一個家人。當然，由於人類這個物種的特性，可能有些人會問『喜歡爸爸？還是媽媽？』，但這不代表我一定得在爸媽之中選一個喜歡。」

「是……是啊。」

「妳也有過這種經驗，不是嗎？不，應該說很多人都有這種經驗，說出『我，喜歡上某人』這句話的瞬間，就結束了，就是要分手。這是戀人最常見的分手原因。」

確實如此，過去的戀愛與幾任前男友的臉相繼掠過未來的腦海。

「如果在討厭對方的情況下，移情別戀，那分手是對的。但因為不是那樣的，我喜歡現在的戀人，也喜歡新遇見的人，不是嗎？說真的，每個人都有過這種經驗。那應該怎麼做呢？」

「所以……所以通常在有交往對象的情況下……會盡力阻止變心才對，迴避新的人，保持距離……」

對話這樣進行下來，未來不知不覺間成了「通常論」的代表，但她很想知道素里來會怎麼回答。因為即使是未來，也還沒完全擺脫傳統觀念的束縛，她雖無法完全認同「通常」的說法，卻也無法完全像素里一樣全然以經驗型思維看待整件事。不管是哪一方，未來真心希望自己能被說服。

素里噗哧一笑，道：

「這句話好搞笑。『我的心』是長了四肢，變成這個世界上獨一無二，到處亂飛的精靈嗎？怎麼擋啊，還有，心去了別的地方就等於不在這裡了嗎？是誰決定的？我們可以同時喜歡很多朋友，可以同時喜歡很多個藝人，很多部電影。老實說，如果我想阻止我的心，心就會被我阻止嗎？說『不可以喜歡！』的瞬間，就會變得更喜歡的，才是人性。」

「是，但起碼要努力……」

「還有！」

未來原本想用「努～～力」來搪塞過去，但行不通。

素里續道：

「我喜歡某人的心正在茁壯，我想繼續喜歡那個人，妳卻覺得必須守住與戀人的義氣，得努力放棄那份心才行。可是，人們是希望彼此幸福才相愛的，現在我卻因為戀人的關係而無法變得幸福，不是嗎？」

「嗯……這可能有點自私。」

「要是我對戀人說『你不准變心，只能喜歡我』的話，那我就是自私的，但我現在也給了戀人同樣的自由。」

「但如果我現在喜歡上別人，戀人可能會覺得不幸福，不是嗎……？」

「這取決於兩人如何定義彼此的關係，如果是常見的『我們只能喜歡彼此，絕對不能喜歡別人』的關係，把所有可能性堵死的話，就有可能變成背叛，或不幸福。但是，如果是像我和始源這種開放式關係……我看見男友因為遇見新戀情感到心動而幸福的模樣，我也會很開心。」

「啊，沒錯，真的是這樣呢。」

靜靜聽著的始源也插嘴道。

但這對未來而言，是難以置信的事。

「嘴上這樣說當然沒問題，但真的是這樣嗎？」

「是的，看見女性朋友遇見心愛的人而幸福的模樣，我們不是會替對方高興嗎？看到她們幸福的模樣，我們不都會跟著開心嗎？」

「那個，是一樣的嗎？」

「有什麼不一樣嗎？因為和新戀人會發生關係？」

素里冷不防拋出勁爆的話，未來眨眼，強裝泰然的同時，始源也莫名地乾咳幾聲。

「不是因為性。關鍵是，要不要獨占一段關係。一樣是愛，為什麼我們不會這樣要求朋友和家人，卻非得獨占戀人呢？」

「呃……」

就是說啊……為什麼呢？似乎沒人告訴我具體原因。

因為只有獨占……才是真愛？因為不能獨占的話，在我需要對方的時候，對方可能會不在我身邊？還是因為……對方會從別人那裡得性病，帶給我有形、無形的傷害？

「那是因為，對國家來說，通過一夫一妻制的異性戀婚姻制度，讓兩個成年人建立經濟共同體，組成一起生育與撫養小孩的正常家庭型態，能維持最穩定的人口成長，與優渥的稅金收入。」

「哇嗚。」

「所以說，社會才會教育大家，正常家庭是最浪漫的型態，但我不認為那是人類的原始本能，我認為那更近似於因應社會所需所達成的共識。」

「好……喔。」

突然散發知性美又是哪招？素里看著未來似乎受驚的臉龐，再次笑出來。

「這不是我個人見解，很久以前就有人提出了。總之，問題在哪裡？反正現在大家也沒有好好地遵守獨占的規則，要是有好好做到的話，Nate[11]上哪來那麼多超扯的故事？哪來那麼多婚外情題材的電視劇？」

「說得也是……」

啊，就算是身為「天下無敵的通常論者」也無法反駁這句話。

「反正大家都遵守不了，那我寧可選擇誠實。騙人或被騙，都是最糟糕的事，不是嗎？」

未來第一次感覺到素里的聲音裡的疲憊與幻滅，她一定也經歷過某些事。

「不是說談開放式關係，就會老是想辦法去找別人。我們大多時候就跟其他情侶是一樣的。但因為我們是人類，所以在生活中，有可能對別人感興趣……就像我發現了妳一樣。每當那種時候，我不希望騙素里，變得卑鄙。因為欺騙戀人才是真正的背叛，真正地終結一段關係……」

11 譯註：類似台灣的PTT、Dcard。

始源補充道。

未來細細地咀嚼這段話。

「不過，戀人之間要有足夠信任，要知道『我喜歡別人』並不意味著『我不再喜歡妳』。戀人之間的信任，不是在兩人決定交往的瞬間就結束了，而是要不斷地努力，不斷地溝通，使之更新。我認為不只是開放式關係，在其他關係裡也需要信任。如果連這樣子的努力都不願意做，僅憑他不喜歡別人，就是他愛我的證據，老實說……我覺得那只是懶得找別人而已。」

未來受到衝擊。

素里說的話既意外又美好，未來感覺到自己走進了長久以來期盼的某些事物。她赤裸裸地看見那是多麼困難的事，儘管如此，正在經歷那份困難的人就在眼前。一切都令她驚訝。

「所以，我不認為其他談獨占式戀愛的情侶，感情比我和始源深。恰恰相反，簡單來說，始源是我的男友沒錯……但他不是人們所說的單純意義上的戀人，他同時也是我最好的朋友，某種程度來說，他也跟我的家人差不多。」

始源和素里對望，互相輕撫彼此的手臂。

未來看著這個畫面，心中熟悉的情緒正以新的方式交錯複雜。素里續道：

「我們真的……不斷地守護與維持這段關係，最重要的是，這是我們為了幸福而努力的結果……是全世界獨一無二的關係。雖然我們也不是完美的，但……我們正在努力，不斷地努力。」

全世界獨一無二的關係。

原來如此，未來點點頭。

為了抗拒那份顯而易見的「愛情是『擁有』與『獨占』，婚姻為結局」的簡單劇本，素里和始源從一開始創造出屬於自己的「浪漫語言」。最終也只有這種方法了。

兩人厭倦了拿著長長的擇偶名單，和符合條件的對象見面，一一協調讓步的過程。

這是一項驚人的成就，他們應該付出了他人難以想像的努力，這也說明了兩人有多信任、愛著對方。

「只要改變『獨占才是愛』的想法就可以了，獨占式愛情會帶來多少痛苦，我認為大家都心知肚明，只是佯作不知罷了。」

「確實如此……」

未來真心地回答道。

「開放式關係也有好處，又單純又簡單，還有，好處不僅於此，不是嗎？」

始源看向未來。

怎麼說呢？是種很得意的表情，像是「我女友很酷吧？」之類的表情。

未來這才放下疑心地笑了，她沒想過會在這種場合得到過往尋找的疑問的答案，她無法不同意這個結論。對素里、素里說的話、和素里正在建立美麗關係的當事人始源、他們正在實驗的新關係，未來完完全全地被吸引了，她強烈地感覺到自己躍躍欲試。只是還有一些猶豫。

因為在過去，未來很清楚「將就」就是「將就」，卻因為覺得選擇將就比較方便，才作出「將就」的選擇。未來自己，的確也變得惰於尋找浪漫的「最佳」了。

未來偶爾會覺得自己是個無可救藥的浪漫派、對愛情嚴重上癮的人。但和他們兩個比起來，自己根本小巫見大巫。這兩個人才是真正為浪漫瘋狂的人。人生不易，能量有限，但他們把有限的能量大量地投入，只為成就「最佳愛情」。而我，真的做好準備了嗎？我有他們那種活力嗎？

和兩人聊得越久，未來越意識到，開放式關係並不是個人的道德倫理觀，而是如何真心地追求「最佳」的問題。

「素里，還有始源，你們以前究竟談過什麼樣的戀愛？你們應該不是從一開始就談開放式關係戀愛的……」

未來支吾地問，聲音含糊得像自言自語，素里和始源相視一笑。

未來和素里再次對上眼，素里彷彿輕聲說著：「不用說妳也懂吧？」

「一開始不是，但凡事總有第一次。不管對我還是始源都是。」

「沒錯，第一次很困難，也很笨拙。」

「每個人都會有第一次，最適合自己的時機總會到來，所以，妳不用著急。」

未來輕輕點頭。

然後，她開始慢慢地思索，這一刻是否會成為自己的第一次。

3 沒關係？是愛情？？

「哇～真是了不起的情侶，這世上就是會有那種覺得自己最帥、最酷的人。」

「就是說啊，哇，真夠猛的啦！」

幾天後，未來和兩個朋友在常去的啤酒屋裡。

未來和她們是在讀書會上認識的。

一個是尹荷娜，結婚一年的頂客族；另一個是鄭多貞，夢想成為作家的人。

雖然是成年之後才認識的朋友，不過，和她們相處，未來反而更加自在，因為她們只認識三十多歲和現在的未來。無論未來說什麼或做什麼，她們不會覺得「妳以前不是這種人」，而是會想「原來妳是這種人」，並且接受。

兩人因為不同的原因，對未來的戀愛故事很感興趣。

荷娜和一個男人愛情長跑八年後結婚，事實上，就是跟初戀情人結婚。荷娜說，因為老公很善良，所以她不後悔結婚，不過想到人生中只談過一次戀愛，睡到半夜就會嚇醒。

至於多貞，她已經三年多沒戀愛，一天到晚看愛情小說，她的夢想是成為寫愛情小說的作家。

說起來，未來的戀愛故事能間接地滿足荷娜，也能成為多貞的小說參考資料。從未來的立場上來看，兩人眼神閃閃發光地聽故事的反應很有趣，所以，如果有新故事，需要思考解決的方法，三人就會像今天一樣，聚在一起。

她們也很清楚未來想要的「最佳戀愛」，還有不及於最佳的「將就戀愛」的想法。未來和秀浩分手的時候，基於大家都是讀書會夥伴，她們表示過「妳以後再也遇不到像秀浩那樣的人」的惋惜，不過，也說了「你們戀愛談得比想像中得久」，勸未來買醉。

她們今天的反應比預期中更激烈。

未來對荷娜的露骨嘲諷與多貞意外「豎起大拇指」，感到慌張。

「是……這樣嗎？他們的關係真的很牢固，老實說，我很羨慕。」

「原來妳羨慕他們啊……」

多貞彷彿在把未來的話記在腦海中，低聲地自言自語。

「唉，這樣下去，一定會出現像妳這樣不結婚，只想談戀愛的人。」

「是沒錯……但是我想要的，不能單純地解釋成不結婚的戀愛……」

「可是妳之前也沒想過跟有主的名草交往啊！」

反之，荷娜的興致特別高，句句都帶著驚嘆號結尾。未來不自主地喃喃答道：

「我越聽越覺得開放式戀愛是，相愛的兩個人不占有彼此的終極戀愛型態……」

「喂，這個終極過頭了。這裡是柏林嗎？我們現在人在首爾市西大門區～」

「所以，妳打算跟那個有女友的男人交往？」

「那個……我還在考慮……」

「考慮？有什麼好考慮的？」

荷娜的聲音提高了一個八度！

多貞不知道是不是想維持聲音的平衡感，先察言觀色後壓低了聲音問：

「具體來說，妳考慮的點是什麼？」

「嗯……首先，他的長相是我的天菜……」

「可是他有女朋友。」

「而且，我和他很聊得來。」

「可是他有女朋友……」

「還有，他的手……很厚，整體上很長，很漂亮，是我喜歡的樣子，如果滿分是十分，他是一百分……」

「我說他有女朋友！！」

荷娜像是唱和聲一樣，一句句地插進來，受不了的未來開口道：

「喂，尹荷娜，妳老實說妳是不是覺得很有趣？」

「才不是好不好！」

「妳說的不是考慮的點，是他的優點。」

「喔，說得也是……其實，我對開放式關係的好奇心比反感大，我以前覺得我一定會試一次，我想像過，如果真的能試一次，代表我和交往的對象會在平等的狀態上開始新戀情。」

「平等的狀態又怎樣？」

「就是彼此都在單身的狀態下說：『喂！我們從現在起以開放式關係為前提

交往吧！』？大概是這樣。」

「啊哈，可是現在他已經有女朋友了，不是不平等嗎？」

「也是，在關係這麼緊密的兩個人之間……我能撐下去嗎？會不會一直作比較……」

「哈，這就是我的意思！那兩個人自命不凡，妳被夾進去，只會被人家耍著玩！小看人也得知道分寸才行，真是的……！」

看著荷娜漲紅臉，真心生氣的模樣，未來不自覺噗地笑出。

「喂，妳在笑嗎？幹嘛笑！！」

「沒有啦……妳老實說，妳為什麼這麼生氣？」

「什麼？為什麼生氣？在這種情況下，生氣還需要理由……嗎？」

「噗。」

這次輪到多貞被荷娜逐漸變得沒自信的語氣逗笑。

三人又各自加點一杯啤酒，和最愛的墨西哥玉米片。稍微冷靜下來的荷娜沉穩開口道：

「我不是結了婚嘛，我老公除了我，不想跟別人交往。首先，我們許下了結婚誓言，他要是和別人交往的話，就是背叛我，對吧？一想到這兩個人用似是而非的話，試圖正當化背叛，我很委屈也很生氣。我可是為了『婚姻』這東西，有所犧牲與放棄……」

幸運的是，荷娜的聲音似乎回到平常的狀態，未來答道：

「沒錯，可是，妳老公不能不先告訴妳，就去和別人交往，回來再跟妳說：『這叫開放式關係。』那個叫作劈腿，和開放式關係完全不一樣。」

「是啊，我知道。」

「所以呢？」

「嗯……因為妳一直追問……我現在正在認真考慮……」

未來看著她認真的表情，吞嚥了口水，多貞也跟著露出緊張神色。

不久，想了許久的荷娜似乎想完了，總算開了口。

「當韓國以後走『開放』的人越來越多，那我老公也有可能向我提出開放的要求，是吧？」

「妳不想，可以拒絕啊？對吧？是這樣的吧？」

一直默默聽著的多貞用眼神向未來確認著。未來微微地點頭，表同意。

「是沒錯，是這樣沒錯……但是，就算我拒絕了，但他只要提過一次，我好像以後就會一直……懷疑他。」

「喔，那也是有可能的……」

「結果，不管開不開放好像都會出現問題，所以，我不喜歡有『能進行開放式關係』的這種前提在。」

「原來如此……不過妳不要把一個人有開放式關係的念頭，和劈腿想成有直接關係。因為劈腿真的是另一種問題……」

「好吧，也許是這樣，但我的立場就是這樣的。我就是會想問『你為什麼突然想談開放式關係了？』、『你是不是對別人產生興趣了？』、『你對我的感情變淡了嗎？』等等……」

「喔，要是如果妳有這些想法，妳是不是應該和妳老公開誠布公地談一談？」

未來問道。荷娜一臉荒謬，瞪大雙眼答道：

「就算坐下來談，他也不會說實話吧！很大的機率不會說實話。」

未來非常理解荷娜的想法，但同時也無法不想起和素里見面的那一天。果然徹底獨占彼此是最簡單方便的。

說得好聽，兩個人透過對話解決問題，但兩個人不可能永遠對一切坦白。另一方面，未來也沒有自信能承擔對方的坦白。獨占式戀愛之所以會根深柢固，就是因為它有很高的效率性。未來再次深切體會到這一點。

「還有，就算這可以說是個人的選擇，或價值觀差異，但當對方提出開放的要求，而我拒絕了的話，我就會變成保守、思想落後的人。我不喜歡那種感覺，不想開放又不是我的錯。」

「是啊，雙方都沒有錯……」

多貞又像在寫筆記般慢慢地自言自語著。

「嘖，尹荷娜，妳每次都說自己很委屈，人生中只談一次戀愛，原來都在騙人。妳老公提議要開放，妳不是應該謝天謝地嗎？妳也可以跟別的男人交往，不是嗎？！」

未來故意開玩笑地使了個眼色，荷娜難為情地微紅了臉道：

「哎呦，話是那樣說……我最好是能忍受得住啦。講真的啦，我沒有信心，再說，誰會看好那種關係。」

「咳，誰會關注妳啦？」

「不知道啦！少頂嘴，喝啦！」

荷娜的表情像是大腦久違地運作了，爽快地舉杯，未來和多貞跟荷娜乾杯後，又互乾。這次輪到多貞開口：

「就像剛才荷娜說的，大部分的人都會覺得有點威脅性吧。」

「是嗎？」

「是啊……如果我們把這件事簡化，理解成一夫多妻制復興，感覺就像允許有能力的人能一次擁有多位配偶，不是嗎？如此一來，不管是有伴或沒伴的人，都有可能產生相對剝奪感……」

「啊，有這種可能啊。在開放式關係被允許的瞬間，我的戀人有可能去找一個比我更優質的對象……或是說，我有可能無法遇見原本應該會成為我未來戀人的人？得實行『一配一』的分配制度，大家被分配到的可能性才提高吧？」

未來重新複述多貞的論點，試圖釐清邏輯，但也許是語氣刻薄了點，未來感受到多貞的退縮，也跟著變得緊張。

「大概就是這樣吧……不過身邊不缺伴的人應該不會這樣想……」

這樣看來，未來忘了多貞很久沒談戀愛，果然，也有人有可能這麼想……未來暫時陷入思索，忽然間，她想起一件事，道：

「喔，但是反過來想會更好！」

「什麼？」

「如果大家一致認為得進行一對一的戀愛才行，那麼，我不可能和有魅力卻已有戀人的人交往。但如果說是開放式關係，就沒問題了，有魅力的人就像公共自行車一樣，所有人都能共享。」

「什麼？公共自行車？」

正專注吃東西的荷娜似乎覺得很荒謬，爆笑出來。

「也是，網路上有很多這種說法，與其和有大男人主義的醜男結婚，寧可當演員姜棟元的第Ｎ任太太。」

「哈，但是，戀人……真的能平等共享嗎？我總覺得會心生比較，如果我比輸了，我好像會更難受……妳們都知道的，我對自己沒信心。」

「如果產生了劣等感而感到辛苦，就和戀人溝通，再不行就分手，妳可以再找下一個……」

雖然未來努力防禦，但多貞搖搖頭，好像光想這件事就令她頭痛。

「還有，妳們也知道，滿足讀者幻想的愛情小說的關鍵就是，『無論發生任何事，我的戀人都會對我一往情深，至死不渝。』、『永遠不變的愛』，就這個觀點來看……當戀人說，除了我，他還喜歡上別人的瞬間，我們之間就不再是愛情了。」

「啊……」

這次，在呆滯張大嘴的未來在回答之前，荷娜搶先開口：

「先別管這個。為什麼『永遠不變的愛』會只限於幻想呢？是因為現實中少之又少嗎？」

一片沉默，三人再次碰杯。未來看著不知為何看起來苦澀的朋友心想著，無論什麼樣的愛才是真愛，我都很幸運擁有這兩個能談真心話的朋友。

實際上，大部分的人對「開放式關係」與「多邊戀」的反應，都是表面且直覺的，並不打算深入了解開放式關係，尤其會疏忽掉「進行開放式關係之前，必須事先獲得對方的同意」這一部分。遺忘的機率高到讓人懷疑是不是故意忘記的，而且大多數的人並不願意思考開放式關係到底哪裡惹自己反感，無論如何，大家好像覺得「思考」開放式關係的本身，就賦予了開放式關係正當性的可能性。

結果，只要提到「多邊戀」的「多邊」，聽的人就會生氣回應：「有交往對象了，還要跟另一個人交往？有病吧？」比喻得誇張一點的話，就像膝跳反射——敲膝蓋，小腿就會往前踢的生理反應一樣。就算是得滾動很久捲軸才看得完的多邊戀當事人充滿真心的採訪，那些採訪下方的「最佳留言」[12]，就像同一首歌反覆播放一樣，往往是「世界末日了」、「這些讓國家完蛋的ＸＸＸ」。果然，直接否定最簡單，也最有效率。

在那之後，三人的話題自然而然地轉往荷娜喜歡的偶像組合近況，還有多貞最近開始的新興趣「跑步」。未來覺得，兩人為了尋找日常中的小樂趣而努力生活的模樣，非常可愛。

與此同時，未來也因「我也只是想讓日常變得更愉快而已」的想法，心情變

12 原書註：「Best Reply」，指得到最多人點讚的留言。

得複雜。因為她不能像說「我最近開始慢跑了」一樣，到處對人說「我最近開始了開放式關係」。如果未來說「我的興趣是談戀愛」，會被歸類為浪漫派，但如果她說「我的興趣是談開放式關係」的瞬間，就不再被歸入浪漫派，而會被歸為「闖禍派」。在這種混亂的情況下，荷娜把前男友秀浩的近況告訴未來時，未來不得不慌張地摀住她的嘴。

「不穿胸罩是對的！NO胸罩！」

儘管演員精湛的演技無可挑剔，但喊著「NO胸罩」的模樣，實在很討人厭。那種時候就停掉電影吧。未來窩在小巧溫馨的房裡用串流服務看二〇〇八年上映的韓國電影《我的花心老婆》。

這部片在電視上多次重播，未來過去也看過，當時不覺得礙眼的電影，現在卻看見了許多潛在內容。儘管不該一言以蔽之，但不只這部電影這樣，大部分的老電影，現在重看都有讓人「不舒服」之處，尤其以某些咬牙切齒高喊「政治正確」（Political Correctness）和「女性主義」的人的立場來看，更是如此。對此，未來認為與其說是時代對個人作品或個別創作者的貶低，不如理解為這個世界變化太快，每個人都正在往前走。當然，未來看電影時所感受的痛苦，和未來本人沒什麼關係。（在同一個職場工作的女性，妳管別人要不要穿內衣，這有什麼大不了的，要大呼小叫地賭「三萬韓元」？還有，一百萬個吸盤？兩百萬個的縫線？搞什麼？？）

未來之所以會重看這部電影，都是因為多貞。

幾天前，三人在一起邊喝啤酒，邊深究「開放式關係」與「多邊戀」後，多貞和荷娜似乎念念不忘。荷娜坦承她無法告訴老公那天她們的對話，而多貞說那天回家後，她思索許久，於是重看《我的花心老婆》。之前未來一聽到始源的話，也立刻想起了這部作品。這是自然而然的。雖說多貞最後傳達的觀影心得是「好想去西班牙旅行」，但她也說了「這部確實是『多邊戀』這種刺激主題卻能贏得大眾市場的成功之作，如果妳能站在這種視角上重看一次，我覺得妳也會看見過去沒發現的東西」，而推薦未來重看。

未來聽了多貞這番話，覺得很有道理，所以也重看了電影。出乎意料的是，她得到的新體會僅止於此——十多年前的大眾媒體對待女性的方式，與現在很不一樣。當然，這部電影做為首次把「多邊戀」的概念介紹給大眾認識的作品，依舊是很了不起的。考慮到被物化的女主角完美地消化兩個角色分量（公事、家事，還有性愛）的前提之下，劇中角色有限制地……不到允許多邊戀的地步，而是不得不被「牽著鼻子走」談起多邊戀。當然。不可能第一部作品就盡善盡美，且「多邊戀」到了十幾年後的今天，仍是大眾嚴重反彈的主題。很顯然地，這個主題本身有其限制。然而，從另一方面來看，未來想到十幾年後的今天沒有新的作品接棒，而成為「多邊戀」電影的代表作，再次感受到韓國人對多邊戀有多厭惡與反感。

未來一直努力想把見過的素里的模樣，代入《我的花心老婆》女主角仁雅中，但沒能成功。透過與素里的見面，未來忽然醒悟自己所產生的那份情緒核心——在開放式關係中，重要的不是「開放」，而是「關係」。多邊戀應該也是如此，重要的不是「多邊」，而是「戀」，也就是「愛」。

電影的仁雅真的愛過德勳嗎？她為何愛上他？未來看完整部電影，又嗑了整本原著小說，還是摸不著頭緒。如此一想，在未來十幾年前第一次看這部電影時，也是如此，只差在她當時不知道什麼才是最重要的。

幾天後，多貞陸續發來「多邊戀」與「開放式關係」作品相關清單，荷娜也不像起先那麼極力反對，但還是很擔心，也不贊成未來的新戀情，一有空就管束未來。

「妳該不會在這段時間裡，已經決定好要進行開放式關係了吧～？」

每當未來看見這種訊息，就像在啤酒屋跟荷娜見面一樣，「噗哧」笑著帶過。她看得出來荷娜嘴上這麼說，其實內心暗自期待故事可以有趣地發展下去。

話說回來，和素里的「三方會面」後，未來和始源的關係變得怎樣了呢……

●

「啊，未來，過得好嗎？」

令人驚訝的是，兩人之間就像什麼都沒發生過，一切都是老樣子！

每當始源遇見未來時，就會以親切經理的模樣，跟未來打招呼，就像她沒對他發過酒瘋，她也沒有和他聊過天似的。

站在還拿不定主意的未來立場來看，這反而讓她自在。但是，一想到始源那時說著「可以牽手嗎」而伸出的那隻手，還有那個眼神，也許全都變為烏有，又讓未來很不安。

老實說，這種事又不像完成了某個工作項目，我總不能在整理好自己的立場之後，通過電子郵件分享自己的想法，更不會有事後檢討會議。倒不如真的公事公辦，我還能像平常一樣高效完成任務呢。既然素里最後也說了，我不用著急，慢慢考慮清楚，那我能考慮到什麼時候呢……？他會等我這麼久嗎？

在未來對這種新概念戀愛產生強烈好感與好奇心的同時，卻也很難擺脫尷尬的心情、不假思索馬上舉手說：「我也要進行開放式關係。」未來很難用一句話解釋彆扭心情的原因，似乎是因為未來在過去這麼久的時間裡只談過獨占式戀愛，習慣的力量無法被忽視；再加上始源已經有了一個酷斃了的女友素里……啊啊，當未來站在這種立場上重想一次，電影中的德動被牽著走，似乎也不無道理。

是啊，我寧可被牽著走……遇到像「仁雅」的人，全身心地愛上她，她再跟我說：「我想同時愛很多人。」我雖然陷入煩惱與痛苦中，卻能在無選擇餘地的情況下，一起開始開放式關係……

現在沒人像強迫德動一樣強迫我，我卻突然說要談開放式關係，真是……該怎麼說呢？很尷尬……未來的神智因為過於清醒而感到彆扭。無論是「開放式關係」還是「多邊戀」，不都應該在和理智相悖、心不由己，因此深陷激情的漩渦裡倉促開始的嗎……

「喂！給我專心一點！」

都是因為這件事，學姐在結束外縣市工廠檢視後，久違來到辦公室開會。未來卻老在學姐面前恍神。我能怎麼辦呢？始源的身影時不時閃現在玻璃門後。這不是比喻，是事實。他今天幹嘛走來走去的啦！這傢伙！

未來不由自主地看向外頭，觀察入微的學姐問道：

「對了，上次怎麼樣了？」

「什麼怎麼樣？」

「上次『所有人的辦公室』不是辦了活動嗎？妳和妳很哈的那個經理，沒發生什麼？」

「啊，哪有很哈。」

「你們睡了？」

「妳有毛病啊！」

面對突如其來的辛辣追問，未來不禁笑出來。她總覺得自己最近很愛笑。

「幹嘛啦，有什麼好否認的，妳不是說妳喜歡他？」

學姐嘻嘻哈哈地接話。

雖然未來很想向學姐傾訴關於「開放式關係」的不安心情，但還是礙於學姐是「所有人的辦公室」的簽約人，也常和始源有公事往來。還有，仔細想想，除了說說笑，未來從沒與學姐嚴肅討論過私人煩惱。因為學姐事事積極認真，除了戀愛話題，能聊的話題非常多。這也是未來喜歡學姐的原因之一。

多虧如此，兩人的對話一如往常，自然地回到公事上。學姐表示，這次工廠的樣品做得很好，等包裝設計完成後再進行一點小協調，馬上會大量下訂。公司真的要上軌道了。雖然未來開玩笑說：「學姐，妳能發得出我的薪水吧？」實際上，準備了好幾個月的事終於要成真，兩人都前所未有的興奮。

未來和學姐久違地共進晚餐，一塊描繪公司的美好前景。飯後，未來打算騎公共自行車回家，於是回到「所有人的辦公室」門口——好巧不巧，遇上剛下班的始源。

「啊，未來，妳好！妳要回家嗎？」

未來還來不及回應，始源一臉開朗地打招呼。太開朗了。開朗到刺眼。

「啊，你好……」

未來沒多久前還是很高興的，這時候，心情卻莫名地冷靜了，倒不是說她不想見到始源（真要說，其實滿高興的）。

始源好像察覺到了未來微妙的語氣，歪歪頭，走向未來。未來面無表情，實則內心慌張失措，邊想著：「我為什麼是這種心情？」啊，這種心情和那種心情差不多——有點傷心，有點鬧彆扭。那種很難自己開口說出鬧彆扭的原因、只好一個人生悶氣的時候會有的心情。可是，未來從沒想過自己會對始源生悶氣。因為生悶氣是對很親近的人才能做的事，比如說……戀人？

「未來……妳有話想跟我說嗎？」

也許比起開朗問候，未來一直在等的是這句話，但她已經下定決心，要全力裝沒事，因此，她也真的像沒事人一樣地開口道：

「什麼……沒有啊。」

始源觀察她的表情，像總結了這段對話般說：

「……這樣啊，那麼，路上小心。」

「你……那個……素里過得好嗎？」

可惡！未來咬了唇：我應該要瀟灑轉身才對，竟然忍不住……！

也許是未來動搖的情緒傳了出去，始源不知為何滿臉笑容地說：

「是的，她很好。我們都過得很好。她也很好奇妳的近況……」

「這樣啊……」

「我覺得妳可能需要一些時間，不想造成妳的壓力……我一直在等妳，會繼續等的，妳放輕鬆……」

「我可以……像這樣，繼續考慮嗎？」

「什麼？」

「我越想越搞不懂……其實我以為……開放式關係會更戲劇性才對，與其說思考……我好像被捲入了……情緒漩渦中……」

未來努力想表達自己這幾天的想法，雖說她不敢斷定自己是否如實傳達了。

「噗。」

未來皺眉，一臉嚴肅，始源卻爆笑出聲。

「……？」

「妳當然得多想想，這是比一對一戀愛更複雜也更困難的決定。如果妳感情用事，以後會出現更多後悔的事，不是嗎？」

「喔喔……」

未來拖長語尾，貌似贊同地點頭。始源不發一語地等待她往下說，這給了未來勇氣，她續道：

「老實說……」

「老實說？」

「我很想放膽一試！但又不知道自己能不能承受……」

始源邊笑，邊露出抱歉又不好意思的神情。

「哈，這真的是，只是想談個戀愛，卻變得像……要作出關乎生死的抉擇，對吧？」

「有點……是有點那種感覺。」

未來不知不覺氣鼓鼓地抱怨。

「到目前為止，我們只是確定了彼此都有好感……」

「就是說啊……」

仔細想想，確實如此。從她第一次和始源在「所有人的辦公室」長時間對話之後，已經過了近兩個禮拜。比喻得極端一點，換成是別種情況，搞不好兩個人該做的都做了，也分完手了。像現在這樣按部就班地冷靜進展，要說開放式關係很亂，是不是有點那個？對吧？

「如果不解釋我的情況就往下發展，那就是犯規，所以我也是無可奈何的。」

聽了始源的話，未來爽快地點頭同意。因為確實如此。

「最重要的不是談不談開放式關係，要是妳已經考慮得差不多……最重要的難道不是，我和妳有多合拍，以後我們會有多喜歡對方嗎？妳要不要先試試看呢？不要有太大壓力，要是妳覺得不適合，隨時都能喊停。」

始源小心翼翼地伸出手。

是啊，用這種說服力推銷我玉石床墊的話……我應該早買了十張……

未來努力想抓回老是想開玩笑逃避、飄得老遠的思緒。

她看著在這種情況下，始源真摯……還是一樣帥翻的臉。

不知為什麼，我到了與我八竿子打不著關係的共享辦公室上班，天天都遇見一個讓我產生微妙的憧憬心情的人，而那個人卻意外地對我表露好感。劇情到目前為止，明明是愛情電影的情節，但是，那個人忽然坦承有個開放式關係女友，讓電影類型變得混亂，而儘管如此，他依然是讓我心動的人、和我聊得來的人、我渴望更了解的人、我能信任的人、我想信任的人……

「要再給妳一點時間嗎？」

始源溫柔說，好像想小心翼翼地收回伸向未來的手。在他縮手的瞬間，未來想也不想地抓住了他的手！

始源吃驚而睜大的眼睛，很快地化為美麗的半月形笑眼。

未來沒說話，只是和始源相視而笑。

她想起了自己邊憧憬著最佳戀愛，邊反覆經歷將就戀愛的過去時光。

她一向認為，當遇見一個帥氣，又能懂自己關於戀愛的煩惱的人時，就能談一場最佳戀愛。只不過，現在追加了一個意外的附加條件。所以，這一次終究也會變成一場將就的戀愛嗎？

不過，正如所言，那是個「意外」的條件。因為未來沒想過自己會談開放式戀愛。

正因為是「意料之外」，未來認為這一次會比過去任何一場戀愛，都更有可能進化成最佳戀愛。

無論何時，和喜歡的人牽手就是會很容易充滿正能量。

「我想試著談看看，開放式戀愛。」

最後，未來說道。過去在別的地方、別人面前，曾出現過無數次的這句話，現在或許將徹底顛覆未來的世界。

未來看著與自己對視的始源臉龐，心臟跳得比任何時候都來得快。

4 我不能放棄戀愛（大致）的十個理由

第二天早上，未來在始源的房裡睜開眼……未來不是沒想過這種超展開，但在她的想像中至少會在熟悉的床上睜眼。

我現在真的開始開放式關係了嗎？未來無暇陷入甜蜜的愧疚感與混亂中，因為，這是一個和平常一樣忙碌的早晨。

只不過，和昨晚有些不同。她和始源邊走邊聊了許久。

為什麼人們時時渴望與人建立親密關係呢？

為什麼一個人也能吃得好，過得好，在日常中卻偶爾會覺得少了什麼？

未來偶爾會思考這些問題，能得到答案的時刻卻少之又少。不論原因為何，思考怎麼安撫這種情緒，然後繼續日常生活，反而更加緊迫與重要。

但就像昨天那樣，和某個人一起度過美好時光、互相表白心意的日子……未來好像知道原因了。

我們透過幸福這個詞想表達的，並不是人生的宏大目標，充其量只是暫時的快感。當我們和喜歡的人牽手散步，被理解也理解對方的那段時間，如剎那般過去的幾個小時裡，未來所感受到的情緒，明擺著是幸福。

未來透過對自己抱有好感的始源的眼神與言語裡，重新發掘自己好的面貌。過往未來所不知道的自己，經過更戲劇化的詮釋，如今確確實實地成為了自己的一部分。其實，這也是人與人交往初期最有趣的地方。

這世上有些人能輕易做到每天安撫名為「我」的存在，日日呵護自己。過去幾十年來，未來也是這麼做，但沒想像中的容易。因為她並不是習慣那樣做的人，所以當她無法做到的時候，就靠他人的愛情與視線來滿足未來所需要的自愛。就像某些會被隨便說「現在是最美的時候」的女性一樣，未來有一段時間也對這種感覺上癮。

未來已經過了那個時期，而且也意識到過去沉迷於那種感覺太久，但她不否認那些時候，自己是快樂的。如果說現在和以前有何不同，那就是她能清楚對方所發現的「新的一面」並非來自於自己本身，而是來自對方的欲望。

從幼稚到家的「妳留長髮更漂亮」、「妳不戴眼鏡更可愛」，到好一點點的「妳待人真和氣」、「妳將來會是個好媽媽」、「妳很適合當公務員或老師」。從外貌到行為舉止，甚至是遙遠的以後，未來的前男友們全都任意地「發現」她好的一面，並毫不猶豫地把這些話掛在嘴邊。

無論如何，因為是喜歡的人說的，所以未來也認真傾聽過，比如：不喜歡留長髮卻留了長髮；明明戴隱形眼鏡眼睛會痛，還是脫下了眼鏡……如今，未來已經過了「女為悅己者容」的時期，現在聽到這一類的話，就算是千年不變的愛情也會瞬間冷卻。

從這方面看來，未來和始源散步走過深夜的城市時的對話，可說是非常輕鬆。那天晚上，始源說他喜歡未來的……真摯的一面。這句話對常被人說「我行我素」的未來而言，十分新奇。說不定是因為很少有男性用「真摯」形容自己有好感的女性。但也可能正好相反。

●

未來和始源在辦公室前偶遇，聊著聊著，她牽起他的手，正式開始了開放式戀愛。為了紀念開始，兩人決定走到附近公園多聊幾句。正值適合散步的涼爽日子，也是一年中少有的幾天好日子。未來想要相信連天氣都祝福這段愛情。明知這是剛陷入愛情的人經常作出的非理性思考，她還是無法停止這麼想。

兩人都記得彼此的第一印象。

那是未來第一次到「所有人的辦公室」，打算去登記進入大門的指紋辨識，順道處理其他雜事。學姐也安排好讓未來與經理見面的場合。儘管時間早就安排好了，不過對未來來說，終究是在新的地方開始新的工作，一切都有些陌生。

感到陌生的部分原因，是因為未來有生以來第一次進共享辦公室，不過最重要的是，未來覺得共享辦公室的空間概念與經營系統非常「潮」（Hip）。未來裝出很了解這些東西的模樣，讓自己成為「潮」的一部分，但終究很彆扭。未來緊張地坐下，就在此時，始源正好出現。

始源給了未來一種「果然是這樣」的感覺，一下就領悟到「原來這種人會在這種地方做這種工作啊」。始源的簡便衣著、不造成他人壓力的親切態度、快狠準的辦事能力——始源的一切，就像「所有人的辦公室」所嚮往的某種東西，凝聚在一起，化為人形一樣……「哈哈哈」，始源發出平常少見的大笑聲！

實際上，當時始源才剛到「所有人的辦公室」上班兩個禮拜，是第一次獨自處理新成員登記事項，非常緊張。可是當時的未來想都沒想到真相竟是如此，因為始源自然到彷彿是本月最佳員工！

「我下樓的時候心情很緊張，不過，妳真的非常認真聽我說話，還發出讚歎聲，一直作出『啊啊～』的表情。那是妳平常常有的表情。」

「啊，我嗎？可能吧……」

「我名義上是經理，但講白了，就是在幫助辦公室會員，替會員們說明辦公室使用指南。並不是多了不起的內容，很多人都聽得心不在焉，或是沒反應。但是，妳的反應太好了……好像在聽什麼了不起的事。」

「啊，我嗎……？」

未來不覺間又說了一樣的回答，不好意思地笑了。

「那時候輸入指紋遇到了一些困難，對吧？」

「啊，是的，沒錯……我的指紋好像偏模糊，以前去登記身分證的時候也不順利……」

未來害羞笑，舉起手的瞬間，始源問了：

「我能看妳的手嗎？」

未來緊張地點頭，始源伸出大手撫摸未來的指尖。緩慢地，不斷地，仔細地看著，輕壓著。

猝不及防的刺激感令未來下意識地倒吸一口氣。

「哈，我很想看一下那時候輸不進電腦系統的指紋長怎樣……」

接著，始源偷偷打量未來的表情，自然地十指交扣，未來壓下害羞，反握緊他。

「不愧是快狠準的辦事能力……！」緊張的未來腦海中不受控地飆出一句冷笑話。難以置信，過去只能遠觀的漂亮的手，現在和我十指交扣。

「最近指紋辨識還順利嗎？我記得妳說有一陣子一下能辨識，一下不能辨識，很不方便。」

「是啊……最近還是老樣子。也好啦，幫我養成洗手後用手帕仔細擦乾水的習慣。」

「啊……手上沾了水會更難辨識，對吧？辦公室裡應該有一個卡片鑰匙，我下次借妳。」

「真的嗎？麻煩你了……」

「不會啦，我常把它借給指紋淺的人……得這樣說，妳才不會有這麼大壓力吧？」

「什麼？」

什麼啊，是說真的還是說假的啦，到底是怎樣？看見未來被搞混的模樣，始源又笑了。

「妳好像是……很真摯的人。是因為人很親切的關係嗎？妳每次都很認真地聽我說話，不像其他人一樣心不在焉或敷衍了事。」

「什麼？我有那樣嗎？」

未來想起應該認真的時候，自己腦海中老是跳出不著邊際的想法，變得有些慚愧。

不過，聽始源這麼一說，未來發現自己好像真的有認真對待每件事的一面。她會一一回應人們基於禮貌說的客套話。還有，在工作聊天群組裡，別人拋出像潤滑劑一樣，緩解工作氣氛的閒聊，未來也覺得得一一回應才行，因此，很多時候很頭疼。

可是，始源用「待人真摯又親切」為由，把未來的認真面解讀成優點。這是多麼令人感謝又開心的事。另一方面，未來也擔心始源會不會覺得她很無聊。未來的朋友們很常給她的建議是：「對方想結束聊天了，妳為什麼還要接話？打字不要加驚嘆號跟表情符號！」

我其實是個喜歡幽默，也很幽默的人呢……不知道始源有沒有注意到這點。我該怎麼展現幽默魅力呢？在未來想著這些時，始源與她對上目光，說道：

「做為經理的女朋友，妳大可放心收下卡片鑰匙～」

「什麼？女友？！」

這句話的衝擊力再次撼動未來的心，始源見狀，從容笑說：

「我還有五份卡片鑰匙，妳不用擔心，我說真的。」

明知道我不是因為卡片鑰匙才這樣，卻故意一臉從容地說出這種話，那張臉真的有點討人厭，未來噗哧笑出來，始源也朝她笑了，道：

「總之，我從一開始就喜歡妳的真摯。我也有真摯的一面。雖然聽起來很怪……但看見事事認真以對的人，我就覺得安心。」

始源害羞地含糊解釋，未來看著他，似乎明白他是什麼意思。

未來早已多次感受到人們對「態度不真摯的人才會進行開放式關係或多邊戀」的偏見有多空泛，但現在從始源口中說出的「真摯」，那份感應更加特別。

不顧一切、先犯錯後再高喊「愛情不是罪」的人，是當初承諾天荒地老只愛妳的人。那些人之所以能作出那種承諾，是因為不真摯。真摯的人不可能輕易承諾永遠，因為人類不曾經歷過永遠。人類在短暫的一生中所經歷過的只有短暫的結束與變化，所以，不會輕易許下無法遵守的承諾。這時候，人類選擇用「此時此刻，我愛你」表達真心，以迴避沉重的承諾。所以，當未來過去想對前男友們解釋「承諾永遠不是件小事，因為這些原因，所以我要更認真考慮才行」，結果往往只落得「解釋狂」之名。他們聽都不聽就覺得煩，更甚至不想知道未來的原因，只顧說自己想說的話。這是未來在過去十幾年的戀愛中，一而再，再而三經歷過的事。

在她第一次聽見「開放式關係」時，困惑、陌生、吃驚與恐懼的情緒交錯，但事實上，比起過去承諾永遠的「所有格」戀愛的前男友們，始源使用的語言與未來更相近。未來過去並不知道這個事實，現在，她懂了。起碼，在腦海中覺得自己懂了。

「滿有趣的。」

「什麼有趣？」

「人們說不認真的人才談開放式關係和多邊戀，可是其實，我們是很認真喜歡彼此，才在聊要不要談開放式關係。」

「哈哈，是啊。」

「這樣看來，我也喜歡你的真摯態度。當然一開始……是因為你俐落的栗子髮型、整潔的帥氣打扮，還有總是發出令人愉快的香氣……而且，你沒有帥哥特有的自我意識過剩。光是這些，你就是這個地盤的搶手貨。」

不知道是不是太真心，未來的語速不知不覺間加快，聲音也變得鏗鏘有力。未來感覺臉頰有點發燙，但裝得泰然自若。果不其然，始源也跟著臉紅，說道：

「妳說的這些都很基本……被妳讚美成這樣，有點不好意思。」

始源就連回答都符合了搶手貨的品味。未來繼續說：

「講真的，當你說『我有個開放式關係的女友』時，我也很慌張……怎麼說呢？覺得很可惜，不過……」

可惜到爆。因為「我有個開放式關係的女友」那句話，原本想立即和始源縱身跳入火熱的某個東西——喜歡到即將爆炸的心——咻咻咻地洩氣了。

「你說那句話，可能會被人說『你是哪來的瘋子』，也可能會覺得你心懷不軌……但我聽見你對我那樣說，我先想到的是，『原來你沒有覺得那天晚上的我很輕浮』，如果你不提起你有開放式關係的女友，我應該也不會知道。如果你只是想玩個輕鬆的一夜情，不特別說出來也很正常，不是嗎？」

「啊，妳能這樣想真是太好了……」

「你承受著會被當成是個怪人的危險，告訴素里，促成我們三個人見面……真的很麻煩，你卻做到了。」

「那個，是當然的……那是一定要的。」

「所以我心想……『這個人是真的有心經營一段關係，是真摯看待愛情的人』，真要說起來，我也是這段關係的當事人，卻像在旁觀別人的事一樣……我有點被你感動。我從以前只要看見別人認真努力的模樣，就會很感動。」

我總覺得自己的話越來越長，越來越凌亂，始源卻默默地點頭，彷彿他懂我說的。一如既往。

「我很好奇以後和妳會變得多親密，還有以後會發生的事。但更重要的是，在這一刻，妳能理解我，這讓我很開心也很幸福。我知道開放式關係有多麼難被理解，我也一直都甘願承受。但，有時還是會累……」

「是啊，會累很正常。」

我們兩人再次對視片刻，今天的眼神又有些不同。

「因為無法理解開放式關係的人……不管說什麼，都絕對無法理解。偏見原本就是很強烈的……我以前也談過獨占式戀愛，所以我懂那種心情。可是，我沒有強迫不想嘗試開放式戀愛的人談開放式戀愛。很多人光是知道有像我一樣，選擇開放式關係的人的存在，就感到不愉快。」

「好像是。我問過我的好朋友，她們也不苟同開放式關係，哈哈。」

「啊，朋友們會擔心妳……」

「有點，不過沒關係。她們擔心之餘，覺得很有趣也很好奇。『進展如何』、『妳還沒開始開放式關係吧？』會像這樣子，偷偷地試探我。我覺得她們在利用我滿足自己的欲望。」

始源因未來的話放聲大笑，說道：

「我覺得妳的朋友和妳一樣有趣。」

「我有趣嗎？」

「是的，妳很坦率、很有趣。」

「嗯……我不過是努力變得坦率，你不是也很坦率嗎？」

「啊，我只是說實話而已。」

看見始源微笑的模樣，未來在心裡附和。

是啊，你對我很坦率，對女友素里也很坦率，最重要的是，你對自己也是。坦率真的又麻煩又累人。我很清楚裝沒那回事、裝帥氣、裝有、裝沒有、裝東裝西，會比坦率簡單得多……

「我坦率是坦率，不過我天生好奇心旺盛，又有冒險精神。要是我有想做的事，又不會傷害到別人的話，我就會盡可能挑戰。這是我的生活態度……」

一聽見始源的話，未來起了雞皮疙瘩，有些激動。想說的話湧到嘴邊，像是一吐積累許久的悶氣一樣。

「哇，我真的很常說這句話。」

「啊，真的嗎？」

不知不覺間，始源說出未來常用的感嘆詞。

我剛才也在想這件事，正想這麼說呢！不管是現在這個時期，該稱為戀愛、搞曖昧還是交往，總之，未來此刻所感受到的喜悅，是只有現在這個時期才能享受的甜蜜。一想到這種樂趣，未來就能理解為什麼有些人只熱中於一段關係的開始。

「好奇心和冒險精神，雖說我是因為這兩件事，才受這麼多折磨……總之，因為這兩件事，我才願意見素里。說真的，我想嘗試開放式關係，但前提是我得先確定我會不會傷害到別人……」

我急促地表露激動的心情，始源靜靜地聽著我說，接道：

「原來如此……不知道為什麼，我早有預感妳會有挑戰精神。對我來說，生活中的好奇心和冒險精神是很重要的，而最重要的是，這兩件事都是為了我們自己好……不可否認，我們有時候也會因為好奇和冒險而疲憊，不過，人生也的確變得豐盛了，不是嗎？」

「沒錯，真的是這樣。」

未來的腦海裡突然浮現過去的一句玩笑話，「妳知道老祖宗說的話都是有道理的吧？明知山有虎，偏向虎山行，少在那邊自找死路，還安慰自己是在累積經驗」，但在這一刻，未來決定忽略老祖宗的苦口婆心。因為始源是和未來相似的人，縱使他是「那條虎」，未來也樂意把他當成一種經驗。

「但說真的，我認為談開放式關係，女性的難度更高。就算男女都是因為好奇心和冒險精神而嘗試開放式關係，但女性需要承受的風險大於男性，這是現實。所以，我活得坦率，有好奇心，喜歡冒險，並沒多了不起……妳才是那個更了不起的人。」

「啊……是啊。」

在簡短的回答中，未來的腦中閃過了無數個過往時刻，某些事、某些情緒，簡言之──「凶險」。始源又補充道：

「我很清楚這一點。」

「原來這個人很清楚我的感受」的感覺，讓未來再次激動起來。這和對方單純知道我喜歡的樂團歌曲或喜愛的電影經典台詞，意義天差地遠。

明明是理所當然的事，未來過去卻得多次向前男友們說明，而且，大致結束在和對方都話不投機，未來受挫的情況下。但，未來現在感覺到「我和這個人的爭執會少很多」的安心感。就是這個。

很多人認為二十一世紀的自由戀愛，絕對是平等的。事實並非如此。當然也有近乎平等的戀愛，但不是所有戀愛都是平等的。如果有人相信戀愛與結婚純屬和「情感」有關的個人活動，那個人極有可能是沒承受過社會性別所造成的差別待遇和不便，才會有這種天真的想法。

雖說人各有異，不過，由於人類的社會文化中，男女至今尚未完全平等，是以異性戀的雙方也很難完全平等。這不是任何一方的錯。以客觀的統計數據為基礎，我們可以推導出有邏輯且價值中立的結論——在社會中，戀愛關係不是百分之百由兩個人所組成，就像個人一樣，其建構於兩人身邊的人與社會張力中。

所以，說不定更重要的問題是，處於戀愛關係的雙方當事人，如何看待性別不平等問題。

試想，假如有一對異性戀情侶，女性談到因為性別所造成的不平等，而在大多數的情況下，女性並不是要求男性立刻解決性別不平等問題，因為任誰都無法輕易改變社會與文化，大力士、有錢人和超能力英雄也無法立刻改變性別不平等待遇的陋習。這名女性不是要求男性立刻剷除所有的強姦犯、數位性暴力犯、約會暴力犯、家暴犯和性別歧視者。就算男性真的做到了，那也不是根除性別歧視的方法。

或者，這名女性的目的並不是要這名男性負起所有責任。社會性別歧視不是因為一個人的錯而產生的，也無法由一個人負責，這名男性說一句「我不是會性別歧視的人」也無濟於事。做為活在社會這個複雜系統中的現代人，具有某些特性的個體，比方說性別，我們該有的基本教養就是，接受自己所隸屬的集團罔顧我的個人意願，使自己凌駕於他人之上的事實。除了性別之外，舉凡性傾向、殘疾與否、經濟能力優劣、學歷高低與出生地等各種因素，都決定了我們每個人的社會地位。

因此，異性戀情侶要實現平等，最需要邁出的第一步就是，正視並承認現今社會的性別不平等。

若能如此，起碼異性戀情侶之間的對話能近乎平等，也能共同思考如何在性別不平等的社會張力下，成為一對關係平等的隊友。

但假如這位男性列舉種種理由——現代女性可以受大學教育、能工作創造私有財產、有投票權、可以不用打扮、考試成績有可能比男性高、可以拒絕男人的追求、可以在網路留言罵人，主張「現在是女權高漲時代」，那麼，很遺憾地，這對情侶無法成為一隊的。

因為始源的一句話，未來覺得他和自己很有可能成為一隊。現實經常不如未來所想，未來認為是理所當然的事，在某些情況下，現實會顯得殘酷，所以，那一刻的安全感，對她來說無比珍貴。

當未來想到這裡的時候，眼前出現了林蔭茂密、入夜的公園。

未來和始源走了約三十分鐘，決定坐在長椅上休息。

未來和始源自然地並肩而坐，微微側首，看著對方的臉。

兩人牽了手，也見過素里了，還聊了很多深入的戀愛話題，但——還是有點尷尬。也許是因為雙方明顯都有好感，如此想來，兩人其實沒那麼熟，會尷尬很正常。兩人之間的距離，尷尬感簡直要滿出來了，對視，煩惱該說什麼好，所幸兩人都不討厭這種壓迫感，甚至如果可以的話，未來希望這一夜能化為永恆。

散步的人、運動的人、遛狗的人來來去去，未來下意識地確認了時間——晚上十一點。換作平時，早就洗完澡，躺在床上發呆滑手機，準備就寢了，但今天未來比任何時候都來得清醒。

「這麼晚還這麼多人。」

「因為這個季節天氣很好。」

「對了，你家在哪裡？」

「啊，離辦公室不遠，我不久前剛搬家。」

「真的嗎？我們得走回去了。」

走回頭路也是約會的一部分，缺乏效率，但兩人開心就無所謂。問題是，未來「真摯的親切」所帶來的多管閒事之一就是——無時無刻講究效率。

「我沒關係，妳呢？」

「我從辦公室騎車回去，只要十五分鐘就能到家。」

「從這裡回去呢？」

「走路的話……大概要二十分鐘。」
「原來如此，我可以送妳回去嗎？順便散步。」
「好的。」
雖然未來常聽見「我送妳回去」，但好像很久沒聽見「我可以送妳回去嗎」，看似兩字之差，但對未來來說，顯然男性在這兩種問法之間，選擇哪種問法，能說明未來和這個男人的關係中所處的地位。很多人一開始應該無法理解細節差異，這也是未來經歷了多次將就經驗的原因吧。
「你說我們第一次見面的時候，你剛到『所有人的辦公室』上班兩個禮拜，在那之前，你在哪裡工作？」
「在那之前，我是咖啡廳經理。」
「在咖啡廳工作？」
「是的，『所有人的辦公室』總公司在鐘路那邊……它前面是我以前上班的咖啡廳，所以總公司的人經常來咖啡廳。」
「哇，你一定也很懂咖啡吧。」
「泡得還可以。」

始源用比平常得意的態度開玩笑回答。一個彬彬有禮的人會這樣子說，肯定是非常好喝……未來想到自己喜歡的偏酸風味咖啡，唾腺下意識地分泌口水。

「真帥氣……可是，你現在做這份工作，是不是埋沒了你的才華？」

「哈哈，妳會這樣想也很正常。不過，咖啡廳經理比起泡咖啡，更常在處理人事。」

「也是……那你該不會是被挖角的吧？」

「是的，說得好聽一點就是這樣。總公司的人說麻浦店正在招人，問我有沒有興趣，看來我在經營管理上還算有才能吧。」

在不知不覺中，始源回到了平常模式，不好意思地回答。

未來雖對自己的專業領域和文案設計有信心，不過她自認生存能力不足，在她的眼裡，始源相當了不起，而且是有經營管理專長的男人……這可是韓國這塊土地上的男人所罕見的資質。清楚這一點的未來，對自己新挖掘出的始源新優點，欣喜不已。

「那你會下廚嗎？」

「我喜歡做，我有幾道拿手菜，下次做給妳吃。」

「哇……太棒了，我不太會做菜，也沒什麼興趣……明明這麼貪吃……」

「哈哈哈，那很正常啦。」

「我得向你拜師了。」

「當然好。」

「素里呢？」

聊得正開心，未來不知不覺說出了素里的名字！驚慌的她急忙捂住了嘴。相較於她，始源雖然鎮定地笑了，仍露出些許慌張。

「喔……要是妳好奇的話……妳很好奇吧？」

「是的，所以我問了啊。」

「素里喜歡做菜，不過她的拿手菜來來去去就是那幾道……哈哈，我覺得我做得更好。」

不自然的笑容，努力裝沒事，未來覺得始源的模樣有點可愛。雖然，未來也想就此帶過這個話題，但在這一刻，未來的「真摯」仍舊勝出。

「你很慌張吧？我突然很好奇，不自覺地問了。」

「不，問也很正常的。我只是一直想著『我得小心別提到素里』，沒想到妳先說了，我嚇了一跳才這麼慌張。」

「原來如此……」

不管怎樣，始源也設身處地替我著想，盡到了最大的努力啊。理應如此，未來卻感覺很新鮮。

「是的，關於她……不管想問什麼，都請妳放輕鬆問吧，我會配合的。」

真是的，未來理解始源的善解人意，可是素里又不是「那個不能說出名字的人」[13]，絕口不提素里有點彆扭，而且就算不提，她的存在感也不會因此消失。雖說如此，現在未來也不知道該怎麼做才是「最輕鬆」的。

「我知道了，那就……等我好奇的時候再問吧，到時你再回答我吧，可以嗎？」

「當然沒問題。」

始源朝未來露出燦爛的笑容——那個過去讓未來因疲勞和月經來前而沉重的

13 譯註：引用奇幻小說《哈利波特》中的大反派佛地魔的代稱。

身體變得輕盈的笑容。說不定，讓未來拋開一切憂慮，奮不顧身站在這裡的也是那個笑容。

在熟悉的心動中，和陌生的第三者存在感中，未來感受到全新的感覺，她再次把手放到始源手中。和某人交往，就是在彼此需要的時候，都能找到一個分享溫暖的人。未來決定現在，只想要這個。

●

一樣的上班路，感覺卻不同以往，這絕對是熱戀期帶來的一大甜蜜。昨天的我和今天的我是同一個人沒錯，但僅是多了想見面的人、感到好奇的人、想要共享美好事物的人，便足以讓日常變得特別與快樂。如果有人問未來，妳可是情場老手了，又不是情竇初開的少女，怎麼還這麼開心？最喜歡的味道無論何時都是最美味的，這還需要多解釋嗎？

沉迷遲早會消失的心動中，與其說是傻，對想專注在那種感覺上，盡可能創造出這種甜蜜的未來而言，那天早晨的心情還不賴。換句話說，是非常棒。就連常騎的公共自行車，那天似乎也踩得特別順。

陽光、風、行人都特別美麗，當未來像往常一樣抵達「所有人的辦公室」時，她收到了始源的訊息。

「未來，上班順利嗎？今天一起吃午餐好嗎？我順便拿卡片鑰匙給妳。」一看見訊息，未來就心癢難忍，笑得開懷。

未來心滿意足地想著，果然我天生就是該戀愛，顧不及氣喘吁吁，認真地打字回訊。

「想吃什麼？對了，我很好奇你昨天說過的麻辣燙店。」

未來發出訊息後，慢慢地爬上辦公室樓梯。

以後不用像幾個月前一樣，總是希望能和始源巧遇，這種感受讓未來覺得很新奇。想打電話隨時都能打，想見面隨時都能約，快感悄悄地蔓延，啊啊啊，果然，這就叫，幸福吧？未來因不為人知的想法暗自害羞，卻又怕別人看見，只敢露出微微笑意。

5 優雅且有計畫性的共享戀愛

未來和始源展開的「開放式關係」，比起未來先前的擔憂，大致上符合過去的戀愛模式。

兩個成年人做為素不相識的陌生人，共享彼此的世界，感嘆相同之處，驚奇不同之處，各自的生活也因為彼此的存在而產生變化。分享美好事物；互相產生正向影響；再也無法承受一個人時的孤獨，直到一起把某一天有可能白忙一場的風險，以及把時間浪費在不對的人身上的機率降為零……

很好，很需要，也很熟悉。

如果說有何不同，那就是素里。

要說素里是夾在兩人「之間」，有點模稜兩可，因為這與一般所想的三角關係不同。

對於素里，始源總是這麼說：

「妳想成我有一個好朋友……或是一個感情很好的家人，怎麼樣？」

未來不覺得始源是在耍花招或糊弄她——明知道是「女友」，卻故意大事化小，小事化無，是因為在她和始源正式交往後所有的感受，和之前的戀愛相差無幾。

過去，未來某任前男友有一群高中死黨。未來週末想和男友在一起的話，就得和男友死黨展開心理戰，搶占男友的週末時光。還有另一任前男友，得經常去照顧剛來首爾沒多久的妹妹。

我的男友，有另一個和我——他的女友一樣重要的存在。我們說好互相理解，也認可那個存在（非常重要），同意把對方有限的時間與注意力與之分享。從這一點看來，未來現在的感受確實和過去相似。換言之，在未來和始源的關係中，素里不過是未來和始源要見面時，會提到和要考慮的對象罷了。

不過，就算這樣的對象是男友的好友或家人，也很難稱之為愉快，人們之所以用「心理戰」形容這種對象，是因為自己得時時刻刻注意能占有戀愛對象多少的時間。

如果自己的占有率不夠理想，或是出現了戀愛對象理應道歉、請求諒解的情況，但對方卻沒這麼做的話，就會出現以下的「地獄」情況：

「朋友（或家人）重要還是我重要？」

疑問句，但就像許多疑問句一樣，不是因為好奇才問的，會問這句話的一方真正想表示的是：「我覺得比起我，你更重視朋友（或家人）。」

一旦有過一次這種想法，就很難抹去痕跡。

按理說，如果聽到戀愛對象回答：「當然是你更重要。」那麼，地獄之門應該就此關閉，但事實並非如此。因為提問方已經非常清楚自己所感受到的是真的，還有，也很清楚回答方的答案有可能是安慰自己的甜蜜謊言。即便回答方努力安撫提問方，關上地獄之門，轉身離去，但地獄之門已經成為了自動門，只要再次出現小小跡象，也會輕易地開啟。

因此，未來早已感到害怕。

更何況，未來現在面對的不是始源的朋友或家人，而是長久以來和始源互信、互愛的女友，在這種情況下，要是未來問始源「素里重要還是我重要？」會怎樣？不，如果未來感到「原來素里比我重要」的話呢？

這種情緒的本身不僅是巨大的痛苦，同時也是按下阻止這段關係繼續往下發展的按鈕，在有「素里比我重要的」感受的瞬間，未來好像會馬上脫離這段關係，就像被放上發射台的火箭一樣，眨眼飛入遙遠的宇宙。

未來不打算坦承這種情緒，這與歷史久遠的愛情兩難困境（dilemma）有關。因為會說出「我很不安，請多放心思在我身上，多愛我」的人，第一，欠缺魅力；第二，無法確認在說出這句話後，對方給予的關心與愛是真心的，還是因應要求。說出這種話本身又傷自尊又丟臉，也是原因之一。

因此，就像過去無數的戀愛一樣，未來認為只能交給始源和自己相互作用所創造出的「感覺」（vibe）。

也因此，未來對現在的情況感到慌張。

「我好想妳，未來！」

未來雖然想過會有第二次的三方會面，來得卻比想像快。素里好像是想告訴未來這次的關係和上次稍微不同了一樣，這次讓始源坐在未來身旁，獨自坐在兩人對面。從容的人才有餘力照料別人，站在這個角度想，未來的頭腦一下子變得複雜，但她考慮到自己做為這個地盤的新人，打算謙虛地將素里的善意照單全收。而且無論如何，聽見依舊充滿魅力的素里說「我想妳」，也不是件壞事。

「我早就覺得我們會再見面。」

素里眨了眼，未來知道這不是「挑逗」[14]，但不知不覺地吞了口水。

「妳的眼神看得出好奇心。喜歡還能忍得住，好奇心可是忍不住的～」

從素里隱約傳來「我都懂～」的表情中，未來再次感受到，過去與和始源對話時感受到的情緒——「這個人和我很像」的奇妙安穩與刺激感。

「哈哈，我是想過哪還有這種機會呢……啊，當然最重要的是我喜歡始源，想更親近他，了解他……」

說著這種理所當然的話很可笑，不過未來是真心的。素里似乎覺得未來很可愛，盯著她看邊說：

「始源說，妳問他開放式關係不是應該像瘋了一樣，戲劇性地被愛沖昏頭嗎？這麼深思熟慮沒關係嗎？」

「是的，我問過。」

未來感到難為情的同時，心情瞬間變得微妙，想像素里與始源對話的模樣，有種被疏遠感。

「看來妳希望始源散發致命的男性魅力，讓妳假裝無法戰勝他，順勢開始這段關係。」

素里開玩笑地說。真要說，素里的話沒錯，但是自己的心思被別人說出口，未來有點難為情，臉頰微紅無奈道：

「就是……該說是有點尷尬嗎？因為很難為情。」

「可是被感情拖著走是不行的，那樣一來，以後就會責怪對方。不管是多邊戀或開放式戀愛，還是獨占式戀愛，為什麼會有那麼多被牽著鼻子走的故事呢？都是因為大家想替自己保留餘地，日後能怪到對方身上而做的自我防禦。大家，真的都是被愛情沖昏頭才分手的嗎？應該有一半都是騙人的。」

「啊……」

雖然未來早知道素里是清醒理性、句句合情合理的人，但當她所指名的對象

14 原書註：Flirting，以誘惑為目的，引起對方好感的行為。

變成自己的時候，未來脊背一陣涼。

「我不是說妳在自我防禦，妳會覺得尷尬很正常。」

不知道是不是看出未來稍微僵硬的表情，素里笑著補充了一句——但是更可怕！

「沒錯，未來說的不只這些，更重要的是，她說她想嘗試開放式關係，卻害怕自己承受不了。會害怕很理所當然。」

始源在一旁聲援，素里點點頭道：

「嗯，當然了。就是因為未來是個坦率的人，所以我才喜歡她。有些人不知道自己想要什麼，甚至會自欺欺人。如果是和那種人開始開放式關係？等於打開了地獄之門。」

素里光想都吃力般搖了搖頭，未來見狀，不知為何有些許膽怯。雖然自己現在坐在這裡，但和他們相比，自己好像還有很長一段路，好像只有自己是無知的——果然很難承受啊。

「這讓我……反省了一下。」

看見不知不覺間低頭的未來，始源和素里吃驚地同時喊出：

「啊，不是那樣的，未來～！」

「未來，妳真的做得非常好！！」

「就是說啊，妳做得很好！！」

兩人似乎很慌張，瞎喊一通，原本就膽怯的未來也很慌張，因此非本意地更膽怯地說：

「對……對不起……」

「不，要說對不起的是我。如果我傷到妳了，我道歉。」

「妳沒事吧，未來？」

「我沒事，我只是覺得我夠深思熟慮了，但看來還是不夠。」

「哪有不夠，我說的那些話，每個人都能想得到。如果以後妳覺得哪裡不舒服，一定要告訴我，知道嗎？我不說廢話了，來說正題吧。其實，我今天約妳見面是有原因的……」

接著，素里拿出放在桌上的行事曆。它一直擺在那裡，只是太平凡了，以致於未來沒特別留意。

「我們三個最好一起安排接下來一個月的行程。」

「三個人一起……？」

「是的，如果妳不介意的話。」

「啊，好的，我也拿我的行事曆。」

未來有些緊張，快速地摸索著環保布包裡的行事曆。

三個人快速地翻開自己的行事曆，安排這個月剩下的三個週末，共六天，還有平日晚上的日程。

未來之前不知道素里是做什麼工作的，現在才曉得她在外國製藥公司當研究員。果然不出未來所料。還有，素里幾年前和家人同住在德國，後來才回韓國工作。未來聽見這件事豎起了耳朵。德國，就是柏林嗎？說到柏林，會聯想到的不就是嬉皮和開放式關係……？未來很清楚刻板印象既愚蠢又有害，卻無法阻止自己浮現偏見，只能自嘲地說「我也是無助的韓國人啊」。

未來自然而然地知道了始源和素里原本的戀愛模式——週五晚上見面，週六一起過，週日各自過，平日視情況，有空就見一兩次。這和無數的獨占式情侶沒什麼不同。

不過，想到兩人從週五晚到週六一起度過，未來內心深處又掀起小小漣漪。

未來早知道兩人是交往多年的情侶，卻總以眼前的兩個人展開不純潔的想像。未來感到困擾，「又不是不知道，妳幹嘛這麼老土」，她努力想說服自己這和過去的戀愛沒什麼不同，不過，這件事似乎就是開放式關係的特徵。雖然前男友們每天會和朋友廝混，常常去探望妹妹，令未來不愉快，不過，未來不會想到他們是和某人做完愛才回來。

未來和學姐的工作很快就會忙起來，不過，由於之前沒有週末加班的前例，因此，這個月剩下的週末，未來都是空著的。可是，如果我當著素里的面說「週末兩天很閒」，是不是神經太大條了。但如果我說「我什麼時候都可以」，會不會讓我變成經常要配合或等待約會的人呢？未來憂心忡忡，什麼話都說不出口。

素里看著未來，開口說：

「這個月還有三個週末……妳下週五有空嗎？下週我只有週六有空。」

「週五我有空。」

「始源也是嗎？」

「嗯。」

「好，除了下週，還有兩個週末……星期五我就先撤退，沒關係吧？」

「好的。」

「始源你呢？」

「我週六都有空。這個月平日應該不用加班，週末也不用上班，月底活動排在週日。」

未來心情錯綜複雜，一方面讚嘆著素里幹練地解決掉自己的短暫煩惱，一方面又對素里對自己的照料而感到抱歉。素里接著說道：

「你們在同一個地方上班，對吧？白天也能經常見面。」

「是的，沒錯。」

「雖然我的工作時間不規律……不過我想這週二和下週三都有空，這兩天和我見面吧，韓始源。」

「沒關係嗎？未來。」

「喔，是的，當然沒關係。」

連這個都料中了，很細心地顧著我的心情，素里妳這個人真是……因為素里的關懷，未來心情舒服多了。不過，從另一方面看來，素里這麼得心應手，未來不禁心想到底她過去安排過多少日程呢？當素里有新男友時，始源也會像這樣當中間協調人嗎？他做的是經營管理，一定很會協調吧……未來明知這些都是無用的想像，想法卻還是一個接一個地出現。

「都排好了，不過如果有急事或是心情不好的時候，也可以取消或改日子。先打聲招呼就行了。」

「我會的。」

素里輕快的聲音打斷了未來的思緒。未來回神，笑答。素里眨眼說：

「感覺很像我們三個在交往吧？」

未來再次尷尬地笑，吞了口口水。

真是的，明知道她不是那種意思。

「你以前和人交往，也會共享行程嗎？」

未來把行事曆收進袋裡，小心翼翼地問，始源爽快回答：

「不是每個人，但有這麼做過。」

聽見這句話，未來的腦海浮現了另一個來這裡的人的身影，那個人在始源和素里身邊停留了多久才消失呢？雖然很好奇，但未來沒有問出口的信心，而且忽然想起了「被那些自以為是的傢伙玩弄……被玩弄」——過去未來沒感到共鳴的話。

「我們也很煩惱該怎麼做才好，也有過錯誤的經驗……也有人覺得這種場合本身讓人驚慌，或排斥，由我當中間傳話人。」

「是啊，有可能會有這種情況。」

未來下意識地點點頭。

「不過，我們認為三方會面是最好的方式。為什麼呢？因為大家談戀愛的時候，不是很常那樣嗎？因為安排日程，會覺得難過，或害別人難過……心情不好時或是鬧彆扭時，會突然說自己沒時間。」

「啊，我懂，我懂……」

「如果習慣了間接溝通，自己會賦予安排日程很多意義，情緒會受到影響。很多時候會產生誤會，也很難坦承以對。」

「也是……」

「還有，我們現在是開放式關係，我卻和素里兩個人安排行程，一不小心，不是更容易引起誤會嗎？」

「沒錯，會想著和那個人相處的時間是不是比我長，一旦在意，一定會產生誤會，很傷感情。始源有可能在這個禮拜花更多時間陪其中一個人，可是，並不是因為你更喜歡那個人，只是這個禮拜的日程更對得上……如果沒事先確認這一點，很容易讓人聯想……」

「是的……」

在聽著句句有條有理的素里說話的時候，未來的表情變得稍微僵硬，從剛才就一直觀察未來臉色的兩人立刻察覺那微小的變化，素里說道：

「當然了，就算我們三個人一起安排行程，也有可能出現誤會，也有可能傷感情。」

「是啊，我們提前共享了行程，絕對不要因此感到傷心！絕對不是那樣子的！」

「在交往的時候，傷感情反而才是問題，我們要盡可能消除會傷感情的危險因子。」

兩人只看一眼未來的表情，就能察覺未來腦中的想法，多虧如此，未來也能坦承心中所想，說道：

「是的，我就是這麼想。雖說現在還不確定……能不能時時刻刻都這麼理性……」

「沒關係，我和始源也一樣。」

未來很難相信這番話，不過，總之素里是這樣說的。

「重要的是，感到傷心的時候要怎麼表達，還有怎麼消除，對吧？感情終究是無可奈何的，我想人類能做到的，大概僅止於此吧……」

未來從苦澀微笑的表情中，似乎感受到一種超脫於人類的事物，無論如何，未來仍然欣然接受兩人努力安慰自己的善意。

「所以，我們還在努力創造許多規則。」

「原來如此。」

「當然，得先徵求妳的同意，希望妳每次覺得不愉快時，都要告訴我。」

「好的，我會的。首先，我覺得三個人一起安排行程是個不錯的點子。我很謝謝妳這麼照顧我。」

聽未來這麼說，素里和始源邊交換眼神邊笑了。儘管未來覺得這是很理所當然的感謝，但把感謝說出口，可以傳達出不說出口時所無法傳達的某些東西吧。

「未來之前應該也常常這樣想吧，妳說過覺得異性戀的男女角色扮演劇太無趣了，不想演下去了。」

「是的。」

「實際上，這就是我們上次所提到社會利用一夫一妻制所製造出的橋樑作用……很多人在很久以前就覺得應該要擺脫它。」

「是嗎？原來如此……」

「我果然不是第一個這麼想的人」的感覺，令未來有些尷尬。

「是的，但說易行難。」

「嗯……為什麼呢？」

「首先，很多人都同意應該停止一夫一妻制，問題是，他們沒協商好怎麼進行下一步。」

「啊……」

儘管用「素里的戀愛學講義」來形容，過於膚淺又老土，總之，在不知不覺間，素里的戀愛知性講座自然而然地又開始了，未來非常高興。

「妳沒有過那種感覺嗎？說不打算結婚的男人，大部分都像壞男人。」

「喔？沒錯！」

「而說以結婚為前提，提出交往要求的男人，都非常地謹慎。」

「哈，沒錯……！」

這真的是未來非常熟悉的故事，她不由自主發出了感嘆，始源津津有味地聽著兩人的對話。

「當一個男人說出『以結婚為前提交往！』的瞬間，我們腦裡就整理出未來要做的事，還有對他所要扮演的角色的期待，不是嗎？像是社會所期許的男性美德、責任感、體貼。為了完成這些基本的東西，他要付出最起碼的努力，對吧？可是，反之，因為沒有規定該做什麼，所以就連最基本的東西都不努力去做，我甚至懷疑，那些連基本都做不到的男人，是不是因為不想做才到處說『我還不打算結婚』……」

「哈……素里是天才吧……就是這樣沒錯。」

未來醍醐灌頂，很想大聲吼出來，現在才找到一條線串起自己在三十歲出頭的鬼打牆戀愛經歷。

「行動會因為有沒有結婚的前提而變得不同，那如果是互不獨占的戀愛呢？沒有任何前提和標準呢？」

素里開玩笑地說，未來自然而然地跟著做了一樣的表情。始源看見兩個人對視而笑，也跟著邊笑邊搖頭。

「正所謂的，地獄之門開啟……！」

未來故意使用素里先前說過的話，因為加深了自己與兩人的親密感而感到自豪。

「所以說啊，規則……真的很重要。我們之前所有的認知，都是沒用的。雖然很麻煩，但有很多事需要我們一起討論、決定。」

「嗯，是的，我懂了。我覺得很好，我想盡力試試看。」

「太好了。」

素里衝著未來笑。自從未來不像第一次見面那麼緊張和尷尬後，微妙地覺得素里與始源的表情很像。她看著素里的臉，小心翼翼地開口道：

「但是……能問多深呢？」

「為什麼這麼問？」

素里和始源對望片刻後，同時看向未來。

「其實我……有點好奇你們過去其他的開放式關係，但要我現在全部聽完，我有點害怕。」

非常短暫的沉默。不過，未來並不覺得自己犯了錯，或說了不該說的話。因為兩人沒給她那種感覺。

「啊，那個……」

始源瞥了素里一眼，素里說道：

「我們會商量一下，等妳準備好了，再一次告訴妳。」

「好的，謝謝，與其說想知道兩位的私生活，我是……不，老實說，也有點想知道……哈哈，好像對我會有參考性……」

「我完全理解妳的心情，不過，希望妳不要太不安。雖然我看起來這樣，但我也有我的不安之處。」

「妳嗎？」

素里點頭道：

「站在妳的立場上，我是始源交往很久的女朋友，妳會覺得我們的感情很穩定。但站在我的立場上，妳是始源的新女友，『難道我有哪裡不夠好？』、『新女友應該更有趣吧』……因為我也是第一次三方會面，如果我要往這個方向想的話，當然也可以。不過這些想法只要一開始，就會沒完沒了，所以，我盡量避免這種情況發生。但，現在的情況確實很有趣，我說真的。」

「啊……」

未來覺得素里比自己更瀟灑、聰明，而且又和始源交往很久了，所以，不知不覺間認為她比自己更占優勢，像這樣子，三人見面的時候，未來也受到素里的照顧，所以她經常忘記素里也可能不安。

「結果是一樣的，沒有誰比較好，都是談戀愛，只要各自努力地談就行了。」

無論如何，重要的是未來和始源的關係──不，應該說是未來自己，最重要的是她得按自己的步調發展這段關係，不要被牽著鼻子走，不要被捲進去。未來之所以選擇這段關係，就是希望如此。素里的話又一次提醒了她。

說到底，未來已經受夠了「戀愛對象也好，戀愛也好，反正結果就是那樣」、

「只有妳否定這一點」等等否定或忠告的陳腔濫調，這次是她親自嘗試的機會，她下定決心，首先，不要被在某處看到或學到的方式所影響，要親自去感受「結果就是那樣的」戀情。

6 Eat, Play and Love

「吃飯不馬虎，吃適合自己的食物。」

未來打字打到這裡，望著閃爍的滑鼠游標許久。公司準備了好幾個月的第一款代餐上市在即，要放在募資網站上的宣傳字句和產品頁面的最終截止日期逐漸逼近。主要宣傳文案這樣就夠了嗎？未來覺得今天腦袋特別不靈光。

做為一家新創公司，把共享辦公室當作辦公空間，又把募資做為產品首次上市的籌措項目資金方式，如此看來，算是兼具了這個時代的青年企業家應具備的一切要素。

還有，公司正在和學姐的熟人協商，希望在對方位於望遠洞的咖啡店裡，推出為期一個月的快閃店。此外也申請了社群網站新帳號。

只不過，學姐的弟弟大言不慚地說要幫忙經營社群網站，結果因為判斷力不足被換掉，最後掛著「臨時」的名號，社群網站被交到了未來手中，未來又多了一項工作。

雖說未來做為一名自由工作者，早習慣了忙碌的日子，但這是她第一次經營社群網站，所以比預期還要費心。

未來把這件事告訴始源，始源覺得很有趣，還「追蹤」（Follow）了她。未來本來就很好奇始源的社群網站，趁此機會，未來可以避免尷尬地和始源「成為好友」。過去刺激未來好奇心的、始源鎖上的「非公開帳號」終於……打開了！

其實，自從未來對「直拍影片中的花美男」留有印象時，她就知道始源的社群網站帳號。說來並沒有多了不起，在網路上搜索自己感興趣的人的痕跡，已經成為現代人的新興趣。再說，這年頭花二十分鐘看對方的社群帳號，比和對方聊一小時的天，能知道的東西更多，像是對方的朋友圈是怎樣的、說話語氣、美感、幽默感、廣泛的興趣，還有隱約表露的經濟能力——說老實話，一下子知道太多東西，反而會有點壓力。

所以，未來以前去看自己感興趣的對象，或差點要走入正式交往關係的人的社群網站，熱情就會瞬間冷卻，一大堆現在想都想不起來的理由，經常發生踩「地雷」的狀況，像是：熱烈討論有性犯罪前科、現在說話變得一點都不好笑的諧星，或是過於著迷於偽科學、有著無法理解的美感、和朋友的留言中散發驚人的憤世嫉俗感……

所以，對能看見始源的社群帳號，未來既期待又怕受傷害。當然，就這段時間在「所有人的辦公室」看見始源的感覺，還有幾次的深談，未來不覺得自己會踩到「地雷」，但，世事難料。因為社群帳號，真的，真的，不只是素顏見人的程度，甚至有人赤裸到「只剩條內褲」，再加上，始源和素里愛情長跑多年，也許在未來還沒有作好心理準備的情況下，會看見和她有關的照片。這也是不能忽視的不安要素之一。當未來舉起大拇指準備滑開始源帳號時，過往累積的經驗，不只是頭腦，渾身感受到的不安感輕輕地擦過未來全身。

未來終於點開了帳號——

貼文23則／粉絲57名／追蹤中94名

始源的帳號上沒多少貼文。

雖然沒必要把人生浪費在社群網站上，但無論如何，少玩肯定占優勢。社交帳號如實反映出始源的個性。

這個帳號宛如「韓始源官方帳號」一樣，斷斷續續地上傳，一些非常精簡的正式內容（離職、生日、新年與休假等），而且沒有露臉照。所以，別說素里的照片，從帳號上根本看不出始源戀愛的痕跡。始源使用社群網站的方式和未來差不多（不公開帳號、只和實際生活好友聯絡、不上傳過度私密的照片），令未來感到舒服。

有些情侶會爭執在社群網站或聊天軟體大頭照，是不是應該要表現出有戀人的樣子。起先，未來只覺得這種爭吵，是因為當事者想把自己的愛情秀給周遭的人看。但當未來聽說這只是附帶目的，真正的關鍵在於「如果不願意公開戀人，就有可能在劈腿」，她感到驚訝，這麼不信任對方，要怎麼談戀愛？在獨占式戀愛的世界觀中，「劈腿」是絕對不能發生的事，也許正因如此，大家總是高估「劈腿的機率」，把在戀愛時執著於控制對方的行為稱之為「愛」。用那種努力是擋不住真正的「劈腿」，而那份秀恩愛的「感性」也是未來無法理解的。

對未來而言，她的社群帳號只有一張二十幾歲和交往三年以上的前男友合照，事實上，會這樣是因為她覺得分手後不管是留下或抹去對方的痕跡，都很尷尬。還有，未來認為，即使現在交往的男友會是一輩子的真愛，但只屬於兩人的私人時光，應該用私人的方式珍藏才對。

當然，未來不是不能理解「曬恩愛」（老實說，未來不太清楚，不過大家都用曬恩愛公開自己有正式交往的對象）是想透過曬恩愛，受到大家的祝福，被別人羨慕。可是，在「我」的社交網站上，對方占股太多的狀況，對未來來說是不合理的（「開一個情侶帳號不行嗎」的疑問，當然也是不存在的選項）。

儘管談一場美好的戀愛是未來一輩子關注的事項之一，但她並不想讓這件事優於其他事項。當然，也是有朋友勤勞地上傳著自己著迷的興趣愛好……但不用多說，比起「某某某最近編了竹籃子」，「聽說某某某最近交男友了」、「某某某最近好像分手了」之類的八卦更刺激。果然，少玩社群網站絕對是占優勢的。總之，和未來事先擔心的不同，始源的帳號只是讓她更確定始源和自己是同路人，增加了信賴度。就結果而言，未來沒有更進一步地了解他。這是優點也是缺點。不過，反正戀愛就是不斷地發現對方新的模樣，未來沒有著急的必要，問題是，未來仍舊渴望了解始源。在這兩律背反[15]的欲望下，讓她花了十五分鐘瘋狂地看著

15 譯註：指同一個對象或問題所形成的兩種理論或學說，呈現各自成立卻又相互矛盾的哲學概念。

始源內容不多不少的帳號。

那麼，未來永遠沒有機會獲得關於始源的大量情報了嗎？

數位行不通時，就輪到類比發光發熱了。

那個機會來得比未來想得要快。

「打擾了。」

週五。未來輕聲說著，推開了陌生屋子的大門。始源第一次邀她到他位於「所有人的辦公室」麻浦店附近的家。

要說起來這裡的契機，是從之前一起散步聊美食開始的。

午餐時間，未來和始源面對面坐在始源之前說過好吃的麻辣燙店裡，兩人正看著菜單，始源偷瞥未來的表情，未來一臉為難，嘆道：

未來：我超愛麻辣燙，也愛麻辣香鍋，也喜歡鍋包肉，怎麼辦？

始源：妳這麼喜歡麻辣啊？
未來：是的……
始源：喜歡到一個禮拜會吃兩次的程度？
未來：（悲壯地點頭）我曾經一個禮拜吃四次。

始源的視線回到桌面，忽然說道。

始源：那我週五在家裡做麻辣香鍋吧。只要妳不介意。
未來：什麼？

未來的眼睛瞪得圓滾滾地，耳朵瞬間豎起。

始源：不介意嗎？
未來：（真心感動）啊……太感謝了，真的……

未來再也說不出話，始源似乎解決了一個問題般，舉手叫店員。

始源：我們要點麻辣燙和麻辣香鍋。

看著始源點菜的颯爽英姿，未來眼中閃過了愛心。

除了回老家之外，很少有人為未來做飯，未來一年裡頂多回兩次老家，都是節日，所以始源這句話等於替未來創造了一個新節日。

未來再次回想，過去是不是也有男友邀自己去家裡，做飯給自己吃呢？像是在二十幾歲的時候，我生日時替我煮海帶湯……真的……沒有呢。沒有。未來絞盡腦汁回想，感到悲傷，難道我特別沒有福氣嗎？還是韓國女性大多受到這樣的待遇呢？就連廚藝很差的未來，也記得自己煮過還是烤過幾次食物給男友吃。但不管她怎麼想，都想不到自己受過親自下廚的款待。

未來怕說出「這是第一次有男友做飯給我吃」，顯得自己有點可憐，因此忍住不說。但未來掩不住喜悅和感謝，當然，那天白天在店裡吃的麻辣燙和鍋包肉也很好吃，不過未來內心深處已經期待著週五晚上的到來。

像始源這樣的男人說「我做飯給妳吃」，有多少人能不喜歡上他呢？雖然會這樣想的原因，不排除未來現在的身分——現任女友的主觀視線。但無論如何，男人說要下廚，肯定有更棒、更特別的驚喜，未來不知為何覺得得買瓶紅酒去才行（雖然未來打算買一手啤酒好配麻辣香鍋），總而言之，這是罕見事件。

反之，當女人說在家做飯的時候，感覺就像普通的日常，菜色也會是韓式家常菜。未來想起過去自己替男友下廚，男友只給了一個簡單的驚嘆號反應——「嗯，好吃！」而受傷的回憶。一開始那些前男友說自己廚藝不好，只吃別人做的飯，那些男人並不在意飯是媽媽做的、前女友做的、現任女友做的、姐姐做的、妹妹做的，還是奶奶做的。也許是因為這樣，後來未來去男友家，越來越常叫外賣或是外帶料理。做飯雖麻煩，不過未來最討厭的是有種被人評價的微妙感，而且不是單純地評價「字寫得好不好看」，而是有種接受個人能力值評價的感覺。未來討厭「當然要做得好」和「以後當然是妳負責做飯」的語氣，到現在都忘不了前男友在別人端出來的飯桌上吃飯，還說著「我早餐一定得喝湯才行」的可憎臉孔。

在不管生男生女都好，只生一個好好養大的年代，每個人幾乎都被捧在手心中養大，但為什麼一到二十幾歲，男人就希望女人自然而然地學會做菜？不管怎麼想都有些奇怪。要有輸入（Input）才有輸出（Output），難道女人天生有會做菜的基因？不知道是不是意識到這種社會視線，每次過節回家，媽媽總是說「我做錯了，應該多叫妳下廚才對」，但即使如此，未來現在也沒有學料理的想法，並且回過頭頂撞媽媽：「如果我是兒子，媽媽還會說這種話嗎？」

是人每天都得吃兩到三頓飯，所以下廚是一種日常，可是，對約會的戀人來說，下廚是一種特別活動。根據下廚的人是誰，做的是「料理」還是「家常便飯」會產生微妙的差異。感覺敏銳的人絕對無法忽略這種訊號。

雖然始源是未來的男友，但未來相當滿意始源「不男子漢」的一面，但老實說，始源這麼輕鬆得分，是有點討人厭。儘管給分的人是未來自己，未來仍然難逃內心的矛盾。

過去未來也說過「喜歡會下廚的人」，但男人說要下廚，終究只是想把女人帶回家的花招。原因很難說。先撇開「把女人帶回家的花招」的不純動機不提，未來認為，如果知道料理是多麼麻煩又辛苦的事，不管對方下廚的真實目的是什麼，願意為此努力的一方是不是值得贊許呢？

在電視劇和電影裡，通常會出現一名穿著襯衫和單色幹練風圍裙的男人，在整齊乾淨的廚房裡，把做好的料理裝入碗裡，不會灑出來或沾到。

未來在潛意識中邊描繪那熟悉的畫面，邊踏入始源家。廚房裡亂七八糟的食材、廚具，而始源身上的大紅色圍裙綁得很隨便。他漲紅著臉，匆忙喊著「未來，歡迎。妳先找地方坐！」然後就消失的背影。見狀，未來忍不住好笑，問道：

「這個，要不要先冰冰箱？」

原本站在瓦斯爐前的始源一看見未來帶來的啤酒，立刻小跑步接過。

「啊，我叫妳不用買東西過來~謝了，等一下一起喝，飯快好了，妳再等一下。」

未來買來的啤酒被放進占據廚房龐大空間的大冰箱裡，未來站在原地看著始源忙碌的背影。怎麼說呢？在電視劇和電影的畫面中，那些男人經常會讓人懷疑「現在料理的模樣這麼帥，但平時真的是自己下廚嗎？」

不過，走進客廳，未來的耳朵仍舊傳來炒菜聲和熱油滋滋聲，真要說，眼前的畫面比起「料理」，更接近「家常菜」。在始源和麻辣料理展開決鬥的時候，未來獲得了自由觀察始源家的時間。「家」是比社群網站更能深入了解一個人的，近似圖書館的空間。

先映入未來眼簾的是，寬敞客廳裡頭有設計感的家具，所有的色調都是搭配過的，給人一種安定感，似乎是能安心休息的空間。

未來現在的住處是套房，也就是韓國人常說的「包家電和家具的套房」。這是因為自由工作者是不穩定的職業，未來不得不向減少每個月支出和手頭資金不夠充裕的現實，低頭妥協的結果——過去的租處大多是狹小的空間。另外，這也反映了未來不想增加行李，希望行李越輕便越好的心態。該說未來的居住方式，呼應了她不喜歡變得沉重，不願受束縛的生活傾向嗎？也因為這樣，未來很難抹去一切都是暫時的感覺。她用過的家電和家具都是別人用過的，是別人所有的，以後也會有別人使用。雖說未來已經達到享受這種「暫時性」的境界，但不能完全攤開自己的包袱，為了隨時能方便打包，只能輕輕掀開包袱一角的感覺，偶爾仍會帶來微妙的疲憊感。該說就像隻隨時準備逃跑的草食動物，暫時小憩片刻的感覺嗎？

不過，始源家不是這種感覺，是不包任何東西的豪華公寓。和以實用家具為主的未來租屋處不一樣，它有著小型「裝飾櫃」、「黑膠唱片機」、「音響」等實用性幾近於零的家具。不過，最終來說，說不定裝飾性家具的有無，正是區分臨時住處與家的要素。因此，始源的屋子確實感覺像個成熟大人的家。另外，讓未來更意外的是，在黑膠唱片機旁收納黑膠唱片的櫃子裡，竟然放滿了爵士樂和古典樂唱片。

此外，最醒目的就是掛在沙發上方的滑雪板。看來始源很喜歡冬季運動。在沙發對面的牆上裝飾櫃掛了一份別致的小日曆，客廳裡沒有電視和時鐘，也沒多少書，但是有幾本關於咖啡和料理的大本書，跟一些品牌和生活風格雜誌，夾在邊櫃內側。

房門整齊地關好，雖然應該是考慮到有客人來訪，希望家裡看起來整潔，但未來覺得部分原因是因為始源不喜歡讓食物氣味進入房間的生活習慣。未來非本意地想像起始源寢室的模樣。在告知始源之後，未來走向洗手間。

洗手間裡的磁磚好像是新鋪的，比起整間房子的年份感，洗手間明顯較新。未來去餐廳或咖啡廳的時候，看見打掃乾淨的洗手間，會很感動，而她這次一樣被始源的洗手間感動了。洗手液散發出的淡淡薰衣草香，整齊掛著又沒寫紀念標語的碳灰色毛巾，馬桶上放著用小巧漂亮（重要！）的除臭香薰盒，還有，洗臉台前整齊擺放的刮鬍用具，再次提醒未來這裡是男人的家。未來瞥了一眼沐浴間，裡頭擺著熟悉的名牌洗髮乳、沐浴乳和身體乳液等。因為始源隨時都很好聞，未來推測始源很在意香氣。這是親眼印證了那個推測的時刻，也是讓對沐浴用品很感興趣的未來非常開心的時刻。因為她過著「暫時」的生活，能在生活裡花心思的地方就只有消耗品，未來希望每天洗澡都能有好心情，會購買昂貴好用的消耗品。在始源的浴室裡發現的用品雖不是她現在用的，但是是她一度想買，花了很長時間搜索網路評價的用品。本就好奇，那麼是不是能在這裡親自試用看看呢……？？想到這裡，未來不自覺地乾笑起來。啊，難道這就是耍「花招」……？

在這一刻，未來的臉微微發燙。她在大鏡子前整理儀容後，走出洗手間。才不過一下子而已，屋裡瀰漫著辣味，始源著急地說：

「請坐吧！飯好了。」

在淺色的木餐桌上放了一大盤的鮮紅色麻辣香鍋（當然，有沒有餐桌跟有沒有這種大盤子，也是區分暫時性租處和家的重要標準）。未來發出「喔喔喔」的感嘆詞，一坐在桌前，始源就幫忙盛好了冒著白煙的熱飯，說道：

「好久沒做了，不知道好不好吃……」

「看起來很好吃！」

表面上看來是禮貌的客套話，但這是未來的真心話。她很期待這頓晚餐，所以午餐吃得很簡單，還忍住了吃零食的欲望。如今，她覺得這一切是值得的。

始源不好意思地笑，脫下圍裙（很可愛！）正想坐下，突然又站起來說：

「對了，啤酒。要喝啤酒，對吧？」

「哈哈，是的……」

未來以禮物為名買來了啤酒，但啤酒的本身暴露了未來想喝酒的意志，嚴格來說，是禮物沒錯，不過是未來買來送自己的禮物。未來莫名地尷尬。可是，吃麻辣香鍋怎麼能不配啤酒？

「那，能幫我從冰箱拿出來嗎？」

「好的！」

原本坐著被款待的尷尬，幸好始源先開口拜託了未來。她有點期待地走向始源的冰箱，大家不是都從《拜託冰箱》[16]學到了嗎？冰箱裡的東西可以告訴我們冰箱主人過著什麼樣的生活，有著什麼樣的個性。不過，擺明想看冰箱實在太沒禮貌了，未來一打開冰箱，先用眼睛找到自己的啤酒放在哪裡，接著快速掃過冰箱內部，再朝目標物伸手，完成任務。

短短三十秒內，冰箱裡不是只放著大瓶罐裝礦泉水（或是夾雜著燒酒），與裝著壞掉的剩菜的悲傷碗盤，而是放著真的能吃的東西，像是牛奶、雞蛋、水果和蔬菜等。在兩種極端中，未來接近前者，所以對她來說，她很高興也驚訝能見到這麼有生活感的冰箱。無論是誰，能好好地照顧好自己，總能贏得他人的好感。

還有，未來發現了另一件事，就是多出來的啤酒，除了未來買來的啤酒外，冰箱裡還有六罐啤酒，不知道是始源平常有喝酒習慣，還是為了今天晚餐特地買來的，至少知道了不是只有自己想喝啤酒，未來稍感安心。

「乾杯～！」

「我開動了！」

在吃飯的時候，始源多次強調麻辣香鍋做起來不難，但就麻辣香鍋是一種沒有人親自做過、最近風靡的異國料理來說，未來覺得非常了不起，重點是，還很好吃。當然，考慮到未來平常並不是一個挑嘴的老饕，還有整體的用餐氣氛和用餐的人的親密度，對她的食物印象分數有很大的影響，這頓飯從一開始就不可能不好吃。但撇開個人因素，這頓飯是好吃的。辣度恰到好處，食材也是未來喜歡的（未來喜歡清爽的蔬菜），還放了未來最喜歡的麻辣香鍋材料之一——粉耗子[17]。麻辣香鍋原本就會放各種豆腐、蔬菜和粉條，而卻不忘放入粉耗子，說明始源很可能是喜歡辣炒年糕、麵疙瘩或玉棋[18]的人，這讓未來特別高興。

不只是嘴上說說，而是透過味覺，直接感受到彼此喜歡的食物和食材，以及口味很相近的事實，在不被愛沖昏頭的觀點來看，意味著未來和始源很可能成為一對很合拍的飲食拍檔，而對剛熱戀的情侶來說，更是一件了不起的事。因為，

16 譯註：韓國綜藝節目，製作組把嘉賓的冰箱搬到節目上，利用冰箱既有食材製作料理。
17 譯註：中國東北食物的一種，原材料是澱粉。
18 譯註：義大利傳統麵食，通常由馬鈴薯、太白粉及麵粉製成。

這能成為輕易地越過盲信——「我們是天作之合」的依據。在熱戀期，越多類似的依據越好，因此情侶才喜歡尋找彼此的共同點，以此做為火種，讓愛火燃燒得更猛烈。

未來不會做菜，始源會，所以他很好；未來和始源飲食口味類似，所以他很好？認識一個人就是不斷地在共同點與不同點之間來來去去，確認彼此的位置。然而，有朝一日，人們會因為那些共同點而厭倦，也會因那些不同點而厭惡，我們都經歷過那樣的時刻。「我們喜歡吃一樣的東西」這一點為什麼好，因為喜歡，所以就算不說也能知道為什麼好，但當愛情消失時，喜歡吃一樣的東西也發揮不了任何作用。既然如此，愛到底從何而來？不管怎樣，想著人類終究無法破解的事，讓未來變得迷惘。

未來果然也不可避免地，在無意識中收集自己與始源是天作之合的證據。儘管過去的戀愛也是如此，但這一次，未來感覺自己所設的雷達更加敏銳。未來並不想證明始源是真命天子，或是很久很久以前失落的靈魂另一半。她之所以收集證據，是因為始源是比任何時候還能帶來更大滿足的戀愛對象。

還有，對未來來說，這次的戀愛挑戰了新的戀愛形式——開放式關係，也是不可忽略的重要部分。因此，未來下意識地希望和始源在一起的時候能獲得更大的滿足，和兩人是一體的感覺，做為給勇敢的自己的一種補償。即使還不明確，不過未來自己察覺了這種模糊意識，從理性角度來看，這種想法絕對不會帶給這段關係好的影響，只不過未來終究是人，她無法立刻停止這種感情的萌芽。如今，未來還不確定這種感情的具體面貌，只不過隱約窺見形跡，她在等待自己未來能看得更透徹、能用言語具象地表達。

未來和始源暢聊喜歡的餐廳和食物（始源果然喜歡辣炒年糕和麵疙瘩），分享了各式各樣的玩笑，還有隱隱約約的異性情愫中，度過了一個半小時的愉快用餐時光，還有，兩人邊吃飯邊決定下次一起吃的料理。

雖然在韓國，約會本來就是不斷地探訪「美食餐廳」，不過由於兩人的口味相似，又都有很多私房美食餐廳名單，兩人的約會行程似乎短時間內不會結束。

開心談笑的兩人喝了兩罐五百毫升的啤酒。考慮到兩人是剛開始交往的情侶，在吃飯的時候自然而然地添酒，是很重要的事。時間不知不覺地接近晚上九點。

「好飽，我真的吃得很開心。」

雖說未來早就抱著「人家辛苦做飯給我吃，吃光才是有禮貌」的悲壯決心而來，但當她回過神一看，盤子裡的食物早就被吃得一乾二淨。些許的緊張和酒的關係，未來糊裡糊塗地吃完了所有菜。未來記得始源有點偏食，但看他今天吃這麼多，看來他好像也有點緊張。

「聽妳說吃得很開心，我也很開心，其實……」

「其實……？」

不知道是不是因為喝酒的關係，始源的臉微紅，欲言又止。未來隱約猜到他想說什麼，還是拋出了問句。始源的表情有些複雜，不過，未來拋出了「沒關係，說吧」的眼神。

「啊，那個……素里不太喜歡吃麻辣料理。」

「喔，這樣嗎？」

未來露出開朗的笑容，像是想讓始源安心一樣，多虧如此，始源的表情也變得開朗。

實際上，未來的心情並不平靜，也許在關係緊密的始源和素里之間，居然找到了一個不合拍的地方，反而讓她變得開心了。雖然因為這種事開心很可笑，但真的要追根究柢的話，她的確是為此開心，感覺就像繞著「在意素里、不在意素里、在意素里、不在意素里」的莫比烏斯帶打轉。

「是的，她吃不了辣。」

「原來如此，原來你們也有合不來的地方啊！」

未來故意調皮道。

「哈哈，當然了，那是當然的，哪有百分百合得來的人？那反而沒意思……」

像是附和始源的話一樣，未來輕輕點頭補充道：

「也對……你和我的口味合得來，也一定有其他地方合不來的。」

「是的，機率很高，卻也很有趣。」

兩人尷尬互望，「哈哈」笑了笑。

雖然不知道會出現什麼樣的差異、什麼樣的不合之處，但是在傳遞出「會很有趣」的過程中，未來感覺到某種感覺，該說是從容嗎？因為感受到尊重和適當的距離，未來感覺很好。

「要不要先整理一下？」

始源起身收拾碗盤，未來也加入始源的行列。未來自請負責洗碗，但始源拒絕了，說有自己的一套流程，未來也只能退出。兩人不好意思地對視而笑，把碗盤一絲不亂地放到水槽時，始源問道：

「要再喝點酒，還是要喝茶？」

那一刻，無數的念頭掠過了未來的腦海。考慮到此時的興奮心情，未來雖然想再喝點，但不知為什麼也想享受一番悠閒，而且用熱茶撫慰被麻辣料理刺激的腸胃，好像也不錯。因此，未來難得地發揮理智，答道：

「喝茶吧？有洋甘菊嗎？」

始源點點頭，拉開廚房抽屜，拿出了裝有茶和咖啡的箱子。咖啡豆、摩卡壺、各種茶類分門別類收納著。莫非這是當過咖啡廳經理留下的經驗產物？

「我用這個泡。」

「好的！謝謝。」

始源拿著看起來很高級的茶包，未來笑著轉過身。心情變得好一些了，雖說用一些微不足道的小事爭取始源心中的分數過於簡單，但這也是無可厚非的。

過沒多久，兩人並肩坐在沙發上，桌上放了一個透明的電熱水壺和兩個茶杯。

未來又能仔細觀察剛才偷看過的始源的客廳。

「好久沒人來我家玩了。」

「除了素里嗎？」

「啊，是的，除了素里。」

因為未來非得補充的話，氣氛變得有些尷尬。素里明明不在場，未來沒必要用那種話創造出素里的存在感。偏偏未來的腦海和想法分歧，總是浮現出素里在這間屋子裡是什麼模樣，是什麼坐姿之類等等的疑問，使得未來十分混亂。這就跟要人別想那隻大象一樣[19]。

始源似乎察覺了這種氣氛，突然尷尬起身問未來：

「要不要聽音樂？妳喜歡什麼音樂？」

「喔，我……」

在那一刻，未來的腦海浮現剛才看過的古典樂和爵士樂黑膠唱片。

19 譯註：出自英文俗語「房間裡的大象」（Elephant in the room），隱喻著像大象一樣明顯的事物，卻被集體選擇視而不見。

「我以前喜歡樂團音樂，最近會聽韓國流行樂……工作時最適合聽，心情會變好。」

她卻這樣回答了。

換作過去，未來會盡量迎合對方的喜好，尤其是她並不特別排斥古典樂和爵士樂，哪怕是幾分鐘前，她也湧上了「要不要迎合始源」的想法，如此一來，就能找到另一個「我們很合」的依據，最重要的是，始源會更開心，搞不好會更喜歡未來一點。

「啊～真不錯。我也喜歡樂團音樂，但幾年前開始，我的音樂喜好變了。」

當然，始源親口說過兩個人有不同的地方也很有趣，所以，其實未來怎麼回答都可以，但這終究不是那麼簡單的問題。

「我的收藏中的樂團音樂……大概是這些。」

始源喃喃自語著，拿出了《皇后樂隊（Queen）Greatest Hit 精選集》，放到黑膠唱片機上。

「喜歡皇后樂隊嗎？」

「沒有特別喜歡，但也不討厭。」

未來笑著坦率回答，始源有點難為情地笑了。喇叭裡傳出了《波希米亞狂想曲》（*Bohemian Rhapsody*）。就算是「木耳」的未來，也聽得出聲音裡的雄壯震撼（至少是適合檢查這間房子的音響效果的歌曲），只不過做為約會音樂，就沒那麼合適了。始源小聲說著「這麼一想，好久沒聽這張唱片了」，邊歪頭聽音樂，好像和未來的想法一致。

男性為了博取女性的歡心，假裝喜歡其實沒那麼喜歡的事，是戀愛中常見的老派手法之一。那種男性通常看起來非常可愛又浪漫。最重要的是，在男性做出那種事的那一刻，顯得比女性弱勢。男性不惜隱藏真正喜好，也想獲得芳心所盡的努力，被媒體包裝成了楚楚可憐又值得嘉許的形象。

不過，從某個瞬間開始，未來不再覺得這種努力可愛。首先，那是一種有目的的行為，是男性想獲得女性芳心的一種策略。驚人的是，當男性透過這樣「女強男弱」的過程得到女性的心後，男性會進入「我什麼時候像個弱者一樣」的狀態，雙方強弱忽然改變，變成了水平狀態。在那之後，假如女性不再持續「挑剔」

男性，主導權很容易落入男性手中。

在未來看來，這不過是「男性擄獲女人心」的傳統下，人類週而復始的行動罷了。換言之，由於強者游刃有餘，所以要擺出弱者姿態並不困難。因為對男性來說，那不過是暫時性的，這能從「我被老婆管死死」透露出夫妻炫耀恩愛的可愛感，與「我被老公管死死」中隱約帶有的犯罪氣息裡窺見一斑。

此外，未來小時候，那時人們還會頻繁出入錄影帶出租店。未來那時看過的好萊塢浪漫愛情電影，電影中的女主角正是男性的夢中情人形象（大致是金髮的貌美女性，喜歡體育、喝酒、夜生活和性愛）的真人化。女主角被塑造成天生如此，是不用「努力」，自始至終都是酷帥率性的女性。相對地，電影的男主角會從引人憐憫的角度，被塑造成為了女性而努力的人。在未來看完這種類型的電影後，只得到一種感想——當一個「酷女孩」非常好，而且是能獲得愛情的捷徑。（電影《我的花心老婆》中的仁雅，是喜歡喝酒的足球迷，且對性愛積極，可以被看成是延續了好萊塢傳統的角色。當然，不排除編劇是為了抵消仁雅之後提出多邊戀要求的最糟糕設定（！），事先替仁雅洗白才這麼設定的。）

在這些影響之下，地球上究竟有多少女性努力成為「酷女孩」呢？未來一想到這個就覺得暈眩。

就未來的親身經驗而言，在她努力隱瞞自我，成為「酷女孩」的瞬間，累的只有她。戀愛雙方的關係往往無法維持平衡，主導權傾向男性。因為，媒體一開始塑造出的「酷女孩」角色，具備的是「會被男性選擇的最佳條件」，是不需後天努力，天生就是那樣的人，能「自然地」被追求，被喜愛，因此，酷女孩並不是會主導或決定事情的角色。

當未來親自嘗試後，她發現要一直以那種角色「存在」，實在太累了，而且男友也不會理解這件事。如果說，男友說出「原來妳為我付出這麼多努力」能令未來感到希望，那麼，男友說出「我以為妳也喜歡」則會令未來感到絕望。真要說現實情況大致落在希望與絕望之間的何處呢？通常是後者。是因為電影女主角們是真正的「酷女孩」，而未來是努力的假貨所致嗎？真的是因為這樣嗎？

當未來對現實感到心累之際，甚至一度對教女人像狐狸一樣，隨心所欲操控男人心的戀愛教戰書籍感興趣。因為一定也有女性先愛上男性，想要擄獲男人心的時候，而女性完全不知道該怎麼做。

那些充滿「智慧」的書，開宗明義點出「男女天性大不同」，教導女性千萬別倒追，如此一來，想擄獲男人心的女性，一定會優先考慮「那個男人現在還沒愛上我」，將之擺在「我愛上了那個男人」之前。就算這種話和本人價值觀不符，就算再怎麼獨立自主的女性，為了逃避現實的痛苦，也一定會受到這種話洗腦，最終那些書中所說的變成了唯一說得通的真相。

過去的「父母之命，媒妁之言」消失是事實，如今貌似人人都能談自由戀愛（至於資本主義內部的階級差別待遇，在此先跳過不說）。然而，通常而言，如果說「我要追求誰」是男性常作的選擇，那麼「我要接受誰的追求」則是女性常作的選擇。（雖然有人說「那女人也先告白啊！」，但老實說，這種情況很少見，相信大多數人都同意這是「不自然的」。再說了，如果我向眼前的男人告白，全世界在那一瞬間就會覺得女性告白是自然的事嗎？真能如此，那有多好？）儘管未來迎來了「堂堂正正的女性」的「自由戀愛」時代，不過，她的實際經驗卻有落差。這是真正的悲劇。（就未來而言，與其說是她意識到自己必須像狐狸一樣行動，不如說是過去按自己的天性行動，卻頻頻遭遇滑鐵盧，才不得不變成這樣？）

在此意義之下，正如戀愛與兩性慣例的快速變化，女性迫切需要讓女性向心儀男性表達心意的合理且實際的「傳統」。不過，這種傳統要成為人們共同認可的社會文化規範，顯然還很遠。

未來推測，最近女性不喜歡戀愛的原因之一，也許就是不願意遵守社會意識下認為的「異性戀戀愛」時容易聯想到的「愛情規則」（更不用說之後的「婚姻規則」了），這些規則根本還沒追上社會文化的改變速度。

相較於在人生價值觀讓步，或假裝自己是「酷女孩」，聊音樂愛好或個人興趣當然只是一件小事。

不過，因為未來現在強烈地渴望了解始源內心想法，因此，更加有意識地避開「迎合男性」的行為。因為未來很清楚，在過去的戀愛中，她為了成為「和男性合得來的女性」所做出的行為，造成了自己多大的痛苦。而男性為了擄獲女性芳心而撒謊，成為「迎合女性的男性」，是否承受了和未來一樣的痛苦？未來自然無從得知。

「妳喜歡冬季運動嗎？」

就此意義之下，當始源指向掛在客廳牆上的滑雪板提問時，未來必須再次坦白回答——小時候我在滑雪場受傷，滑雪場現在對我來說只是吃吉拿棒和坐雪橇的地方。

始源和未來用溫暖的洋甘菊茶舒緩腸胃和啤酒帶來的醉意，最後，在不算短的《皇后樂隊 Greatest Hit 精選集》就要放完之際，喝起了第二回合的威士忌。

在只有兩人的空間裡，名為家的地方的特有舒適感，原本靠在沙發上的兩人的身體逐漸傾向對方，對話內容也變得更私人。

未來說了大學時期最受傷的戀愛故事（前男友認為未來的戀愛風格視為「要保持距離」的類型，說未來不是真的愛他，如果真的愛他不可能會那樣子，想按自己的想法改變未來，覺得未來不順自己的意思，單方面提分手後六個月步入禮堂。），始源說了初戀故事（在國中時喜歡成熟的班長，長大以後在同學會遇見，才知道她是女同性戀者。未來聽到這件事，瞬間覺得該進行一些佛洛伊德式的解析，但礙於只知道佛洛伊德的男根崇拜，故只在心中想了想）。

未來去了洗手間回來，看見正在整理桌面的始源，坐到他身邊。當兩人四目交集的瞬間，過去幾個小時讓未來身體蠢蠢欲動的事，好像到了成為現實的時刻——兩人親吻了。

雖然親吻了許久，相較於喝這麼多的醉意，未來接吻時卻異常清醒。始源的嘴唇既柔軟又厚，火熱的舌頭，該怎麼說呢？讓未來變得更肆無忌憚。而音響裡傳來始源喜歡的音樂。那雄壯的定音鼓聲宛如未來的心跳聲。始源身上散發出清爽隱約的萊姆香，應該是浴室裡的沐浴用品的香氣吧。在所有的戀愛中，印象最深刻的是初吻，不過未來認為必須讓這一刻也成為畢生難忘，同時也覺得在這種時候想到這件事的自己很可笑，更加投入於熱吻中。令人驚訝地，一切想法都在同時間發生了。未來決心更加專注的瞬間，自然地撫上始源的脖子。當她的手往上抬時，瞬間撫到了她一直認為很可愛的始源後腦勺。

兩人互相溫柔撫摸，不知道過了多久時間。

仔細思考的話，會發現這種動作很不自然，但對兩人來說，似乎沒有更自然的動作了，未來慢慢仰躺在沙發上。

「未來，沒關係嗎……？」

始源半移開嘴唇，用「半空氣半聲音」[20]聲音問道。

20 譯註：韓國歌手朴振英所強調的唱法，一半氣音，一半真音。

「是的，沒關係……」
未來用一樣的聲音回應。
始源的唇再次自然地落在未來的脖子，手伸向了胸口。
在那瞬間，未來脫口而出：
「我，今天好像只想接吻……」
始源猛然地抬頭，道：
「啊，這樣嗎？好的！」
始源突然冒出像平常經理模式的回答，未來瞬間失笑。
始源也不好意思地笑了，看見始源的後頸發紅，未來主動迎向始源帶笑的嘴唇，又吻了起來。
未來把百分之八十的精神專注在接吻上，但忽然想起——剛才我喊暫停，說只想親吻的時候，腦海中閃過的那個人難道是……素里？

7 在你約會的時候

隔天，這次——未來在始源的房裡睜開眼睛。

但是兩人之間「什麼事都沒發生」。

當然，他們接吻互擁，睡在一張床上，一起醒來，但如果考慮到一般人認為的「事」，專指異性之間的「插入性愛」的話，那就是什麼事都沒發生。

廚房傳來始源準備早餐的聲音，未來連忙快速起身阻止他，但沒有拒絕他送自己回家的提議。

老實說，雖然未來很想知道始源會準備什麼樣的誘人早餐，但因為平時沒吃早餐的習慣，而且她沒來由地想把快樂留到下次。

和某人一起過夜後，獨自回家的路上總是會莫名孤獨，因此當始源說「要不要我送妳回去」時，未來非常開心。這是他第一次問這種問題，也許是因為始源也曾經一個人獨自回家，感受過那份孤獨。這純屬未來個人猜想。

週六早晨的城市裡常常會看見許多貌似有故事的人，可能是因為未來通常會懷抱著心事走在路上，才會這麼覺得。那天早上的街頭風景與往常差不多，還有眼睛酸澀感、宿醉和全身上下奇妙的痠痛，全都一樣，但未來的步伐卻無比輕快，彷彿悠閒的平日下班後在散步。和始源一起走著，帶給了未來這樣的感覺。

「昨天真的很高興，希望妳也是這麼想。」

「我也很高興。」

「我很期待下次約會。」

「我也是。」

「儘管這種話很像職場才會說的……但要是妳覺得哪裡不自在，或有需要改善的地方。一定要告訴我。」

「噗，看來你很有自覺。」

「不要捉弄我……昨天的一切我都很高興。」

「太好了，我也是。」

在兩人牽手漫步的時候，距離又變得更近。兩人仍舊保持著小心翼翼的距離感，但未來覺得這樣更輕鬆。

有些人雖然非常慎重，但只要進行過肢體接觸，就會迅速縮短彼此之間的距離，並視之理所當然，言行舉止自然而然地變得隨便。

未來知道，有些那樣做的人會說這樣大家相處更自在，也知道有些人會覺得主動縮短距離的那一方很性感。

但有時候，迅速縮短距離，只有一方會感到自在。並不是說願意肢體接觸，就等於同意可以隨便說話；等於知道了過去所不知道的，關於對方的小細節。未來不懂，為什麼這麼多人在得到對方的同意之前，擅自把兩種不同的情況畫上等號。

前男友們彷彿是想讓未來感到自在，才努力表現得慎重，等到有了肢體接觸後，就覺得「我之前努力當個有禮的人，做到這種地步應該夠了吧？」，當未來有了這種感覺時，會感到有點毛骨悚然。

未來的包容力很廣，她像水一樣，能隨著容器形狀而改變形狀，所以，當有人隨便拉近彼此的距離時，未來能做出某種程度的配合，可是，她也常常會覺得自己彷彿在拍子不對的音樂上，勉力跳著奇怪的舞蹈。

每當未來聽見身邊的人說「這有什麼好尷尬的？戀愛本來就都是這樣。」、

「男女關係就是這樣啊」時，都非常好奇。所謂的「就是這樣」到底是哪樣呢？貌似大家都很懂，可是真要解釋，又解釋不出所以然。反正，未來感覺不太好。「就是那樣」不是有種隱晦難明的語感嗎？

從這一點看來，如果自己和始源之間，還沒發生「理應如此的事」，彼此還是小心翼翼地對待彼此的關係，那麼她就不會單方面感到鬱悶，未來反而因此感到安心。

「祝妳有個愉快的週末……下次辦公室見。」

「好的，希望你也有愉快的週末。」

未來萬萬想不到在始源看著自己的視線裡，出現了傳說中的「甜蜜到流出蜂蜜」的眼神。未來依依不捨地告別，放開了緊握的手——未來回到了自己的房裡。

未來本來是自由工作者，不過最近因為得上下班的關係，週末變得非常重要。

因為一個禮拜要出門五天，所以未來週末往往受宅女本能的支配，整天待在家裡。在過去，能量像聚寶盆般用之不竭時，未來兩天就會出門玩一次，不過，現在玩一天就得休息兩天。

「啊～回家了。」

終於變成一個人，能自在休息的放鬆感化為了句子，從未來的口中被吐出。未來隨意躺床，把棉被纏在身上滾了一圈。太舒服了。這正是未來喜歡的週末早晨偷懶的心情。因為週末早上不會有急事，可以悠閒地看之前沒看的書，也可以滑別人的社群網站，可以聽音樂發呆，想做什麼就能做什麼。

心情一放鬆，未來的眼皮立即變得沉重。在陌生地方過夜後回到家，就是會有這種感覺。因為不管前一天睡得多沉，全身上下累積的疲勞都如薄膜般黏了上來。未來把頭埋入枕頭，喃喃說道：「睡一下好了」，但她忽然想起了那個人的臉。

不是剛剛說再見，視線甜如養蜂人的男友始源的臉，而是始源另一個女友素里的臉。

睡意全消，昨晚努力逃避壓後的作業，在未來恢復一個人的此刻，悄悄地回來了。

●

在和始源熱吻的瞬間，究竟為什麼會想起素里的臉呢？關於「今天只想接吻」心情的原因，素里有多大占比呢？這兩個問題互不相干，卻又互有關聯。

因此，未來的腦袋變得更複雜，如果只考慮後一個問題，「今天只想接吻」這件事，對未來而言，並不罕見。

未來能在舒服又性感的氣氛中盡情享受親吻和愛撫，可是，通常再更進一步的話，感覺就沒那麼舒服了。意思是，儘管未來有時被氣氛自然而然地感染，從接吻延續到發生關係，但那種時候並不常見。未來不清楚有沒有人以二十多歲到三十多歲的女性進行過性愛平均值調查（所以未來一直很好奇），但是她常思索「我的性慾是不是比別人低？」。

換個說詞：「我是不是屬於不怎麼喜歡性的人呢？」未來不是不想「做」，卻也不想勉強自己「做」。她年輕時也曾經怕破壞氣氛，硬是「做」下去的痛苦回憶。結果而言，未來確定那些「硬做」的記憶讓自己更排斥性愛。

1. 喜歡和喜歡的人聊生活瑣事，一起做喜歡的事，分享日常。
2. 喜歡和喜歡的人牽手、擁抱。
3. 喜歡和喜歡的人接吻（從互碰嘴唇到深吻）
4. 但還不到想做愛的程度。

那麼就得放棄1到3嗎？這對未來來說有點冤枉。

但在談到這個話題時，未來被好友說「妳有點自私」，而且說這句話的還是女性，也就是說相愛就該上床，是戀愛中人的義務。如果有人站出來說，「不是每個人相愛一定會發展到上床，像我就是」，那麼就一定會有人先跳出來反駁說「這麼想的人根本不應該談戀愛，會造成對方的混亂」。因為「相愛卻不上床」違背了這個世界的公式——愛情、戀愛與性愛三位一體。

覺得「所謂戀愛，大多如此」的人，也都是從媒體上學習性愛。在過於開放的美國影集和假高尚的浪漫韓劇之間，還有相信自己是介於兩者之間的平均值的無數約會對象面前，未來曾混亂過。

未來看美國影集時，覺得自己不會像他們一樣三不五時就想做愛，也不是次次滾床都有高潮。未來想著是我很奇怪嗎？還有，她看韓劇時，看見劇中過度浪漫包裝的肢體接觸，尤其是看到在絢麗的拍攝技巧下拍出的夢幻之吻，只會對自己的初吻經驗感到失望。

為什麼我無法像看電視劇或電影一樣，瘋狂地投入那一瞬間呢？為什麼我不像被情感迷惑一樣，沉迷彼此，自然而然地滾床呢？老實說，未來和現實床伴在床上努力裝不知道尷尬和不好意思的瞬間，假裝性感呻吟的時候，她有時覺得自己很蠢。但，絕對不能露出馬腳。因為會破壞氣氛。只有我是這樣嗎？未來一直很好奇。

在社會達成共識的富有性誘惑力的情境下卻感覺不到性的誘惑力，是件很怪的事，更別說在某些情況下，可能會傷害床伴，所以，未來從來沒有明確地坦白過自己的心情。

其中，「互有好感的男女一起過夜」是多富有性誘惑力的情境，從它被選為社會共識下的最佳性感撩人情境可見一斑，「從一百公尺外看到也覺得性感」就是用來形容這種情況的。所以，未來很清楚有多少人深信「什麼都沒發生」是絕對不可能的，人們對「性愛還原論[21]」不可撼動的強迫性信念，讓未來非常疲憊，做為姐妹作品的就是「男女之間沒有朋友」。成年男女只知道性愛和發情嗎？到底是誰規定的？

不管別人怎麼說，對未來來說，她有很多夜晚都希望「什麼都沒發生」，而且認為能共度一夜卻什麼都沒發生的人，才能成為她交往的對象。不過，即使在什麼都沒發生的情況下，每個人會作出的反應也是變化無窮。

最讓未來不高興的就是覺得她「裝高貴」的人；也有未來在進一步交往之前就先意識到三十六計走為上策的人；也有持樂觀態度，覺得「反正遲早有一天會睡，所以無所謂」的人；也有戰戰兢兢說「我是不是做錯了什麼」的人。

無論如何，大家把「互有好感的男女的一夜＝性愛」設成了默認值（Default），只不過個人的立場和解釋不同罷了。儘管每當感受到微妙的差異時，未來不是非常地舒服，但畢竟除了上床之前的肢體接觸都做完才回家，所以，未來覺得自己不該抱怨。如今回首過往，未來意識到自己根本不該那麼想。但在當時，她就是畏怯了，因為她覺得自己違反了「理所當然」，變成要求對方給予「特別照顧」的人。也因此，未來在其他方面——比方說，情緒或經濟，會努力地更照顧對方。因為根據某些人的說法，性愛是戀愛中人的應盡義務，因為「本來就是這樣」。可是，對未來而言，如果所謂的戀愛真的本來就是這樣，那它隨時都會突變成讓

21 譯註：還原論為一種哲學思想，認為負責的系統和現象可以通過拆解的方式加以理解與描述。

她感到不自在的東西。

當然，現在的狀況不是這樣的。始源昨晚似乎接受了未來說的「今天只想接吻」，並沒有特別追問她或提到這件事。因為在這段開放式關係中，一切是被討論後才作出的慎重決定，所以沒有「本來就是這樣」或「應盡義務」這種東西，大家更近似於在零基礎上一一建設起開放式戀愛的面貌。

所以，未來的感受不像過去那樣，老覺得接吻就等於默許了某一天一定會做愛。她只要對於發生的情況進行正面解釋，就不會有需要特別思考的事。始源也尊重她的想法。如此而已。

如果有人非得扭曲這種情況，說不定會說：「因為未來接受始源另有女友，所以，就算始源不樂意，他也只能接受。」可是，未來心知肚明，把自己放在弱者位置的瞬間，無法擺脫把對方有女友做為藉口的態度，會使得這段關係本身就無法成立，即便成立，終有一日也會崩塌。這不是算計式的關係，而未來也不想要算計，因為她是帶著信任才開始這段關係的。

如此看來，對未來更重要的是，為什麼在她覺得不想做愛的瞬間，會想起素里。說真的，在未來去始源家時，她對一切可能性持開放態度，好吧，或許有些期待，但她不是下定決心要做愛才去的。當事情真走到那一刻，她之所以覺得性趣缺缺，也許只是像過去一樣是「現在不想做」，她也承認自己有「算了吧，就這樣做下去也好」的想法。但無論是什麼原因，素里的臉孔在那一刻清晰地掠過腦海。

未來細想在肢體接觸更進一步的瞬間，想起素里的事，好像是因為猶豫「真的做了也沒關係嗎？」。儘管未來親自和雙方當事人見面，確認兩人並非獨占式關係，但未來還是有種「碰了有主人的東西」的內疚感。這是個不恰當的比喻，但要未來完全抹去刻在骨子裡的老派思維，真的不容易。

素里如果知道我跟始源上床，也沒關係嗎？雖然她說過沒關係，但真的沒關係嗎？應該會沒關係吧，他們習慣了這種事，也對我說過沒關係，但真的沒關係嗎？相似念頭一個又一個接連不斷地出現。

無論如何，我需要更多時間適應，現在才剛開始，我會混亂很正常，嗯，沒錯，應該是這樣的……

另一方面，未來也在想著，我真的能克服這件事嗎？我本來就對性愛的氣氛很敏感，很挑剔，我能一直不在意素里嗎？我可以減少在意她，但我不能控制自己完全不在意。因為潛意識是無法控制的，所以才被稱為潛意識的啊，而且想發生關係的心情，潛意識比起有意的影響好像更大……

別想得這麼複雜，和始源的約會就停在這裡，好嗎？停在接吻一定是壞事嗎？好像未必。但要是始源沒有另一個女友，我也會這樣想嗎？

未來腦中的想法就像雲霄飛車一樣上上下下，上一秒寬心，下一秒又變得嚴肅，她有心休息，身心卻無法放鬆。

她努力閉眼蓋被，但越是想逼自己睡，越睡不著。

結果，她瞪大眼發呆好一陣子，索性起身。要發呆倒不如吃點東西吧。

不知道是不是因為米飯的力量，未來找回平靜，像往常一樣，順利地度過剩下的週末時光。

未來安慰自己「昨天吃了充滿誠意的家常菜，吃點零食應該沒關係」，打開了零食。

可是

她用地球上最舒服姿勢網上衝浪中。

現在

她想起了始源說很好看的電視劇，於是看了一下。

他們兩個

奇怪的是，她無法專注，不知道為什麼點開社群網站。

見面了嗎？

未來重新聚精會神，看了第二集電視劇，好奇其他觀眾對電視劇的反應，所以上網搜尋。

在做什麼呢？

在和平常一樣的時間裡，未來極力想忽視卻不斷地想著。最初，未來找藉口，是因為看了始源說過的電視劇，想馬上分享追劇心得，所以才打開通訊軟體；因為打開通訊軟體，所以才好奇他在做什麼；因為早就知道他今天會和素里約會，所以為了表示關懷，得先問他方不方便回訊才行；因為如此，所以思緒會流向那個方向是很正常的。聽起來是很合理的原因呢。

未來很快地察覺，找理由無助於緩解她現在的情緒。

那股情緒不巨大也不強烈，卻如平靜的波浪湧來，未來逐漸煩躁，突然覺得一個人待在家裡非常疲憊。這對未來非常罕見，當她出現這種情況時，她會去人多的地方待著。

這時候，未來的腦海中閃過幾天前聊天室裡的文字。

「喔？這麼早來？」

「對啊，這麼突然，怎麼回事？妳才說週末想好好休息。」

週末連鎖咖啡廳，客人不多不少恰恰好，對面而坐的荷娜與多貞熱情迎接未來。幾天前，荷娜丈夫打算週末去婆家住三天兩夜，所以荷娜約未來一起看電影。那是在未來與始源約會之前，未來本覺得「約會隔天的週六，要好好享受餘韻，一個人舒服地休息才行」而拒絕了。她完全沒想到心情會變成這樣。

「喔，就是……我想在家休息，可是不知道為什麼很有精神，身體蠢蠢欲動。」

未來先聲奪人。

其實是因為她還沒告訴朋友們和始源開始了開放式戀愛，在來的路上有些苦惱。

儘管荷娜嚴重反彈，可是，未來相信自己充分地溝通過，也相信朋友們無時無刻都能展現友情和理解，絕對支持自己。

可是，一旦聊起這件事，現在感受到的混亂、昨晚感受到的混亂、在決定和始源交往之前感受的混亂、想到素里而感受到的混亂……總之，未來就得坦承這如此多的混亂——她沒有坦承的信心。因為要是荷娜說「又沒人叫妳談開放式戀愛」，未來絕對啞口無言。荷娜說得有理。

從二十多歲到現在，每當未來提起自己的戀愛故事，人們的反應多是「人各有命」。在上大學的時候，未來第一次從不熟的學姐那裡聽到這句話，當時未來不以為然，想著「不管怎樣，我的命總比其他人好吧？」。

但不知不覺間，未來進入了內心變得脆弱的三十多歲，偶爾會像悲劇女主角一樣，陷入自怨自艾，想著「我的命注定這麼苦嗎？」。就算這麼想，未來很清楚自己不能事到如今才放棄或妥協。所以覺得自己有些可笑。總之，在真的非常無聊的日子裡，未來偶爾會有這種自怨自艾，然後照常一個人打發時間。

可是，這次的「人各有命」，未來覺得是和過去不同的等級。

過去的特殊情況是——「男友人很善良、沒有問題、很老實、很不錯，是我不喜歡他一天到晚談結婚才提分手」。分手後，未來重回單身日常。這不能算是未來闖禍，說她「整理好情感」更貼切。人們所說的「人各有命」，大概都屬於這種情況。不管別人怎麼說，站在未來的立場上，她能預測未來的自己之所以作出某種選擇的原因，也會為自己作出的選擇負責。正因為一切都很明確，所以，面對分手，她都能「嘿嘿」一笑置之。

可是這一次的情況是，未來真的自己闖了禍！未來有選擇開放式關係的理由（該說是想尋找最適合自己的東西，是以果敢地展開探險的實驗精神，還有始源那帥氣的微笑嗎？），但她全然無法預測這場戀愛的結果。因為不知道會發生什麼事，所以對於能否承擔這場戀愛的下場，未來也說不準。或許未來變得如此小心翼翼，不知道是否該對好友坦承也是因為這個原因，不是因為不喜歡聽見好友唱衰，而是怕自己會因好友的話混亂、動搖。

未來用去年生日收到的（但現在還沒用掉）的禮券在咖啡廳APP上點了咖啡。當取餐鈴響起的時候，她去拿了咖啡。在這段時間裡，她仍然沒決定好要不要當面告訴她們。早知道當面說會讓她煩惱和尷尬，倒不如發訊息扔出炸彈更好。

未來走回座位，卻見到一個熟悉卻不怎麼想見到的背影坐在了自己原本的位置上！未來下意識看了看荷娜和多貞，她們一臉意外與為難，爭先恐後地朝那個背影說：

「我明明傳了訊息給你，為什麼不確認？也不接電話！」

「對啊！所以我們以為你不能來……！」

「我不知道啊，手機沒電了，我應該換支新手機才對。我幹嘛不來，好久沒見到妳們了……」

那個背影發出單純的笑聲，還沒掌握情況，直到察覺了荷娜與多貞的視線才回頭看。捧著咖啡呆站的未來和那個背影的眼神對上。

他就是未來幾個月前分手的將就戀愛的主角，秀浩。

●

「我真的是不知道妳會來才來的，不要誤會……」

「嗯，我不會誤會，別擔心。」

因為大家都是在同一個讀書會上認識的，未來知道荷娜與多貞與秀浩保持聯繫，但做夢也沒想到，今天原本是三人約好見面的日子。

這個巧合讓未來非常不自在，而秀浩莫名其妙變紅的臉，又增添了那份不自在感。

「看來妳過得很好……？氣色很不錯。」

「對啊，你看起來也不錯。」

「最好是啦，老實說，我過得很不好。」

「喔喔，這樣嗎？原來如此……」

「是想怎樣」這句話從未來的丹田湧上，雖然不清楚遠處看熱鬧的朋友們看起來怎樣，未來自認極力壓制住了。

「妳……交新男友了嗎？」

「你好奇這個幹嘛？」

未來下意識尖銳回應，秀浩冤枉地低聲道：

「我只是……我們的關係，連這個都不能問嗎？」

「我們也不是可以隨便問這種問題的關係吧？」

「老實說……我到現在還是不懂我們為什麼分手……」

「這世上不是每件事你都能理解，我也不懂咖啡豆明明不是豆子，英文明明是咖啡『Bean』，為什麼……」

「那是因為咖啡豆是種子，不過形狀長得像豆子……」

「算了啦！」

在這時候，秀浩還企圖說明的模樣，讓未來打了個冷顫。這種行為果然很秀浩。

「既然是不小心遇見，就到此為止吧，我今天有事得跟她們在一起，你讓步吧。」

「為什麼……？妳有什麼事嗎？妳發生不好的事了嗎？」

秀浩擺出了溫柔體貼的表情，這很不秀浩，在某種意義上也不適合他。未來開始不耐。雖說今天遇見純屬巧合，但未來很肯定，秀浩對自己念念不忘。

「喂，鄭秀浩，我有交往的人了，雖然是開放式關係，但我不想跟你復合。」

「什麼？什麼開放式關係……」

「就是！你管我交不交男友！少糾纏我，拜託你走，好嗎？」

未來一說完立刻起身，抱臂沉默看著秀浩。她不動任何一根手指，卻用話推著秀浩的後背，下逐客令。

秀浩一言不發起身，埋怨地看了看未來，轉身離去。

未來這才鬆口氣，在鄰桌豎耳傾聽的荷娜與多貞放輕腳步走向她。

「對不起，我們沒想到事情會變這樣……」

「妳說要來的時候，我立刻打給他了，可是他不接電話……」

「妳為什麼不一開始就說妳們要和秀浩見面？」

「我怕妳不高興……」

「要是妳說清楚，我就不會來了……」

「不要這樣～老實說，我們和妳在一起更開心。」

因為這個答案，未來瞇起眼睛，板起臉，擺出了「哎呦？」的表情，可是，荷娜一臉自己是清白的，和未來大眼瞪小眼，不肯認輸。結果，未來被荷娜的表情逗笑，沒轍，搖頭道：

「好，我相信妳們。唉，別聊他了。妳們看那部電影了嗎？還沒？那我現在訂票？」

「可是……」

未來正想打開電影院訂票ＡＰＰ，荷娜和多貞的眼神卻閃爍著。

「比起電影……」

「什麼？」

「妳那個，開始談開放式關係了？」

「啊，對吼。」

因為鄭秀浩猝不及防地出現，因為突如其來的壞情緒，未來在朋友面前意外吐實。

「電影兩小時才開演，多貞幫妳訂票就行了，妳說看看怎麼回事吧，從頭到尾，全部說出來！」

荷娜的眼神有多閃亮，未來就有多口乾舌燥，早知如此，就點冰飲了。未來轉動著無辜的熱咖啡，大腦也跟著運轉。從何說起好呢……？

「哈，真是了不起……」

「酷斃了，未來！」

聽完未來的故事，荷娜與多貞發表了不知是反諷還是真心的感想。

「好不習慣，妳們不要這樣好嗎？」

未來的個性藏不住話，最後一五一十地把這段日子發生的事，按時序一吐為快，心情變得暢快不少。只不過，她跳過了自己混亂的情緒。當然，她還是有些後悔，所以才用開玩笑回應。多虧如此，荷娜和多貞也露出調皮神情。荷娜問道：

「昨晚氣氛這麼棒，妳為什麼做到一半喊卡？」

「哪有為什麼，我以前就說過，就算氣氛再好，我有時候就是不想『做』。」

「啊，也是……沒什麼，又不是只有妳會這樣……」

「昨天也是因為這樣才不『做』嗎？」

荷娜的問題命中要害，不過，未來維持著撲克臉說：

「講真的，我也不清楚。」

「那他們兩個現在在約會嗎？」

「應該是吧。」

「妳真的無所謂？」

「對啊，他可以像跟妳昨天做的一樣，跟她肢體接觸……也有可能做愛啊……」

多貞特別放輕了「做愛」這個詞，真不知道她要怎麼寫言情小說的十九禁畫面。

未來獨處時，確實想過這件事。

不過，未來不停地洗腦自己，承認「他們兩人可能會有肢體接觸」，和「他們的肢體接觸會使我很痛苦」的情緒，未必要成雙成對地出現。

從眾。因為人們都是那樣說，那樣做的，所以我隨聲附和，隨人行事是天經地義。但「我」的心情到底是怎樣的呢？事情變成那樣，真的對每個人來說都是不好的嗎？

「也是，是這樣沒錯……但我現在有個想法……」

「嗯？喔，是什麼？說說看吧。」

幸好未來現在能和朋友一起聊天，一個人獨處會被情緒困擾，和朋友聊天，更能擴充整理自己的想法。未來再次慶幸自己出門了。

「這世上有像荷娜一樣，和初戀結婚的人，這不用多說……」

「……嗯，當然有，說下去啊，哪裡有跟我一樣的人！」

就像回應未來的玩笑一樣，荷娜擺出玩笑的眼神，用手勢示意未來說下去。

「現在又不是要守貞的朝鮮時代了，我們也不是重視『婚前守貞』的人，甚至幾乎相反吧。」

「是這樣沒錯……」

「我們都已經三十好幾了？也就是說，我們遇見的人大部分都有過去，那我們應該為了新對象的過去發脾氣或傷心嗎？不是，對吧。我們都很自然而然地接受這件事。」

「是啊。」

「那為什麼我們能自然而然地接受呢？因為那是另一個時間和空間發生的事，那時候，我人在不同的地方，和另一個人在一起。可是，我的新對象現在在這個時間和這個空間，和我在一起。」

「所以呢？為什麼我莫名有點不安呢？」

「結果不是一樣嗎？」

「哪裡一樣？……哪裡？」

荷娜近乎尖叫似地反問。

「如果我能接受對方在不同的時間與空間裡所建立的關係，是我無法干涉的，那麼，昨天和我在一起的那個人，現在在哪裡，做什麼，不是一樣的道理嗎？」

「那個……那不一樣，ㄚ頭！」

荷娜這次是真的尖叫了。不知為何，荷娜越激動，未來就越平靜。

「為什麼？原則上應該是一樣的吧？」

「在他和別人交往之前，妳又不認識他……」

多貞用微微顫抖的聲音反駁，乍聽之下有理，未來卻立刻回答了：

「這個在『一生只會有一次的真愛』的世界觀裡才行得通吧？問題是，我並不覺得我一輩子只會有一次真愛，我和他都很清楚分手後，我們都會遇到下一個人。」

「但是發生在過去的事，和發生在現在的事，感覺不一樣吧……？那個人昨天和我見面，今天和別人見面，後天又和我見面？」

「這是只要稍微改變想法就可以的問題吧？雖然昨天比一年前更接近現在，不過它終究不是現在。如果我們只考慮相同的時間與空間，那麼，過去發生的事和昨天發生的事……不都一樣嘛。」

「喂，要談一段開放式關係，還得扯上時間和空間的問題？」

反問的荷娜最終爆笑，未來嘴角也微上揚，但還是維持現有表情繼續說：

「不是啦，我就是正在思索……」

在來這裡之前，未來還沒想到這個道理，現在未來有點被自己說服了，感覺開放式關係很有意思。我不擁有對方，也不控制對方，反之亦然。就像我一個人的時候，能自由自在地運用時間，享受自由的情緒一樣，對方也只是做了一樣的事。在我們之間最重要的是，兩人在一起分享的時間與感情，只是為了遵守對彼此的禮貌，兩人不隱瞞所有的事，共享一切。現在的未來、始源和素里創造的正是這種關係，在某些方面極度自私，但在某些方面卻極度尊重彼此，只要這兩者能妥善共存，就能達到最優秀的平衡。果然從理論上思考開放式關係，能感受到的優點多於缺點……

也就是，如果能徹底拋棄擁有和控制一個人的想法，不把重心放在那個人身上，只專注在我自己的情緒和需求，那他不和我在一起的時候，是怎麼度過的又有什麼關係呢？只要能徹底拋棄占有欲和控制欲就行了。

應該可以……徹底拋棄吧？我是不是已經邁出了第一步呢……？

「只要妳覺得沒關係，那就沒關係……我是怕妳努力合理化，過於勉強自己，才這樣說的。」

「就是說啊，最近人和人交往，很容易遇到煤氣燈操縱[22]，不是嗎……」

「不是那樣的。我就是……當然因為這是第一次談開放式關係，還不是很熟悉。」

「嗯……」

「現在才剛開始，我覺得還好，如果可以的話，我想嘗試適應。」

多貞和荷娜似懂非懂，她們的大腦理解了，但內心還沒完全理解的時候，就會出現這種表情。

三人默默不語，未來確認時間，笑道：

「喂，看電影不想遲到的話，該走了。」

多貞與荷娜也笑著，匆忙起身。

●

適當混合溫柔、愉悅、心動的關係，在我們需要多少的時候，就提供多少，該有多好。

性愛不是必須的，一輩子的承諾讓人有壓力，比起快速創造能在一起的位置，守護自己能守住的位置更重要。

說不定在人們所說的「三十多歲的戀愛」的全套禮品包裝之下，裡頭只有二分之一的簡單內容物。但即使只有二分之一，一定也有人能過得很好。

在狹小套房裡，未來為了感受蓬勃生機而開始種各式各樣的小花盆時，了解到不是所有的植物都要充足陽光和水分才能長得好。有些植物和常理不同，曬太多陽光反而會死，只給一點點水反而長得最好。真要比喻的話，未來或許是後者。人類各自都擁有不同的生長條件。

未來認為，人們有必要努力了解與關心，戀愛與愛情也擁有不同的「種類」，如果因為略有不同，就認為「喔，這不是愛情」，無視並且強行拔除的話，會讓自己陷入困境。

三人一起看著前方大銀幕上展開瘋狂的賽車追逐戰時，這些想法不斷地在未來腦海中出現又消失。

22 譯註：Gaslighting，一種心理操縱的形式，以「扭曲受害者眼中的真實」來控制對方，繼而操控情感。

8 用「我愛你」也無法理解的……

「妳好，未來。」

未來順利戰勝稍微混亂的週六情緒，迎來週一。早上，她和始源簡單招呼後去上班，卻又在共享辦公室休息室遇見始源。她露出燦爛笑容走近時，才注意到他身旁的人。那是未來隔壁辦公室開發應用程式的瑟琪。

「啊，你們好，始源、瑟琪。」

差點糟了，未來心想，調整呼吸，努力壓抑並嚥下差點蹦出口的喜悅、愛情，還有一些類似的情緒。

「你們週末過得好嗎？」

瑟琪用非常輕鬆的語氣隨口問。做為悠閒地共享同一空間的關係，沒有比這句話更自然地開啟週一聊天的台詞了。

但在那一瞬間，未來覺得背部莫名一陣涼。

從週五晚上到週六早上，她和始源在一起，接吻、擁抱、依偎，還有，始源有另一個女友。上述種種，使得她的週六心情有點複雜。

「喔，是的，跟平常一樣休息，過得很好，兩位呢？」

未來若無其事地隱瞞事實，彷彿自己的週末和始源的週末完全沒有關係。她覺得揣著秘密的自己有點性感。無論何時，秘密的誕生總是伴隨著隱約的刺激感。

「我也是休息了。啊，你們看了這次的新電視劇嗎？我朋友週末都在追那齣劇……」

雖然沒有事先說好，但始源也泰然自若地延續著對話。

一聊起追劇，瑟琪的眼睛意外閃亮！未來在之前的社交日也有過相同的感覺，那就是瑟琪好像真的很愛串流服務。顯然，她已經追完始源說的那齣電視劇，並且發表了詳細的追劇感想。多虧如此，未來只需要給予適當反應，就足以維持週一早晨的和諧氣氛。在未來和始源以「看來得追那齣劇」的決心宣言中，順利結束這場對話。

瑟琪開心地回去自己的辦公室，被留下的未來和始源則是偷偷交換愛的眼神後各自離去。

未來享受著熟練的謊言帶來的餘韻，到辦公室放下包包，坐在座位上。沒多久，始源發訊來：

「未來，剛才沒事吧？剛才我們和瑟琪……」

「什麼？當然沒事。怎麼了嗎？」

「我想了想，我沒想過要怎麼告訴別人我們的關係。」

啊，這樣聽起來，確實如此。

在一開始考慮要不要參加社交派對時，未來左思右想，明知始源是在同一個空間工作的人，兩人交往隨時都會遇見的這種情況。但真的開始交往後，兩人卻沒有聊過是否公開交往。當然，不管怎麼說，這種問題之所以變成極其瑣碎的小事，都是因為遇見了開放式關係的世界。

「沒什麼，我們好像順勢地作出決定了，不告訴任何人是最方便的。」

「原來如此，那就這麼做吧。」

「而且感覺有點刺激呢。」

「哈哈，我也這麼覺得。」

未來感激始源的細心體貼，還有，就像之前未來看見的始源的社群網站一樣，以始源的個性看來，不告訴任何人他一定也覺得比較方便。這對彼此都是件幸運的事，而且兩人還在同一個工作空間上班。以未來的標準看來，公開兩人交往的事，真的沒半點好處。未來個性不愛公開私生活，也不喜歡公開戀愛，不喜歡「我」的一切被抹去，只剩下「我是和某人談戀愛的人」。未來覺得不管是不是開放式關係，都是一樣的。雖說公開開放式關係，比公開單純的戀愛關係難度更高。

未來突然感到好奇。

始源和素里交往這麼久，應該會告訴身邊的人兩人的關係吧？那開放式關係這件事呢？有多少人知道？兩人是否會諮詢朋友戀愛的事呢？他們有像多貞和荷娜那樣的朋友吧？還是沒有？

●

「我們有各自告訴自己的朋友，可是我記得……好像沒有大家一起見過面。素里以前住德國，在韓國朋友少，我也一樣……很少聯絡以前的朋友。」

在午餐時間，未來和始源一起外出外帶蓋飯的時候，未來爽快地問了好奇的事，而始源的回答很簡單。

「原來如此……」

雖然早就知道了，兩人是很獨立的人，未來點點頭，始源接著說道：

「是的，我和素里交往遇到問題，會兩個人想辦法解決，未來妳呢？」

「不管是搞過曖昧的男人或是男友，我都會和姐妹們聊他們的事。」

「喔，很正常。」

「因為有很多事沒辦法坦白跟他們說。」

「我理解。」

「總之，我忽然好奇才問的。不過，你為什麼不常聯絡以前的朋友，是自然而然地疏遠的嗎？」

一個疑問解決，另一個疑問出現。因為兩人到現在還有很多彼此不知道的事，人面對感興趣的人事物，都會有源源不絕的好奇心。

「我以前讀外縣市的國高中男校……二十歲之後就來首爾。和國高中朋友在不同地方生活，就疏遠了……不知道從什麼時候開始，我們覺得合不來，也就不勉強配合。」

「啊哈……」

「我真的變了很多，來首爾之後見識到很多新東西，也認識很多新朋友。但是，國高中的朋友連我為什麼和素里交往都無法理解……所以開放式關係也當然……絕對……」

「哈哈，說不定他們會覺得是好事啊，因為你可以隨便和其他女人交往，是好事，很羨慕。」

「喔，真的有可能會那樣，妳怎麼這麼懂？」

「哈哈，我是有點懂。」

未來意味深遠地笑著，又繼續說：

「我覺得你們兩個交友廣泛，有豐富的社交生活……因為平常打交道的人多，會遇到形形色色的人，理所當然地發展了開放式關係。」

「哈哈，未必是那樣。雖然我不清楚妳的社交生活，不過大概比我和素里更豐富，我和素里都喜歡宅在家裡。」

未來回想自己過於樸素的社交生活，不知道始源是謙虛還是他真的過得很簡單。在未來見到始源和素里兩人後，對於「進行開放式關係的人」的印象有很大的改變，但似乎還差得遠。

這時候，始源問道：

「妳喜歡看家具嗎？」

「嗯，雖然不懂，但我喜歡看！」

「那這週末要不要一起去看？」

「當然好！去哪看？」

始源的問題有點突然，加上未來是從來沒有自購家具的「房東附贈全套家具的租客」，所以未來對家具一無所知，實際上也不感興趣。不過，所謂的約會，比起「做什麼」，更重要的是「和誰」一起。因此，無論始源提議做什麼，未來都會很高興。

「聖水洞。那邊有什麼好吃的呢？」

「啊，讓我打開我的私房美食清單……」

在那之後，未來和始源愉快地討論著週末去聖水洞吃什麼，度過剩下的午餐時間。

未來回到辦公室，才想起自己也很好奇素里和始源是怎麼度過週末的，想像著像早上瑟琪那樣，非常隨意地問「你們週六過得怎樣啊？」。

但問了又怎樣，總覺得能想像到始源回答的模樣。

始源：（雖然有點慌張，但鎮定地笑）就，過得很好。

未來：啊，是的……過得很好啊。

始源：妳……好奇知道更詳細的內容嗎？有特別好奇的嗎？

未來：（稍微思索）喔，沒有。不是那樣的。

如此一來，氣氛就會變得難堪，彼此尷尬對笑。

是不敢問，還是不想問，老實說，未來不知道是哪一種，不過，到目前為止，無法不在意是事實，而就算在意但不能做什麼也是事實。

因此，未來決定在好奇心煙消雲散之前，不要在意。因為那是發生在另一個時間和空間的事情，與我無關。

未來把這個問題拋在腦後，回到自己的工作與生活中。在形成未來人生的眾多要素中，戀愛當然是有趣又愉快的，但它不是全部。

過去未來被愛情沖昏頭的時候，下定決心，「總有一天會再次回到只有自己一個人的家」。而這次怎麼說呢？未來覺得自己不但從沒離家過，而且每天都會回家，只有約好出門玩的日子才會走出家門。正是因為這種感覺，未來才能和始源保持適當距離，維持正常的關係，不會有和過去一樣的憂慮，擔心自己被嫉妒與痛苦逼瘋。

而且，未來並沒有刻意壓抑或忍耐情緒。雖然過去的戀愛和現在的戀愛都稱為「戀愛」，感覺卻有天壤之別。

對方也是，儘管兩個人的關係很重要，但不是最重要的，我們是在各自的人生路上暫時相遇，交往。我們選擇在一起是因為現在在一起很愉快，對這段感情沒有更大的期待，也沒有更多的約定。只要不忘記在一起是愉快的，事情就不會變得困難。儘管未來在自己嘗試過之前，並不知道這件事。

●

幾天後，始源和未來第一次在不是兩人的家的地方見面了。

雖然聖水洞也在首爾市內，不過未來難得搭地鐵到離家三十分鐘以上的地方，光是如此，就足以轉換心情。

還有，始源帶未來去的地方是……昂貴的古董家具賣場！

復古家具有著獨特的古典魅力，但對未來來說，首先非常貴，還有始源想買的燈具需要插電，所以按製造年度的不同，老舊程度也會不同，雖然有修得還不錯的燈具，但也有看起來電線已經爛掉，是勉強插在插座上的燈具。那種東西再怎麼好看，看起來也很困窘。

「這個怎樣？」

是始源在網路上看到的落地燈，他靦腆地詢問未來意見，未來慢半拍反應道：

「喔，啊，真好看……多少錢？」

「嗯……九十六萬韓元。」

「什麼？……好的。」

未來覺得上次看到的始源的家很整潔又完美，無法理解他為什麼要放一個這麼大的老舊落地燈。

問題出在，始源看起來非常興奮！

「我從去年就在找一盞客廳落地燈，一直沒看到滿意的，直到看見這個，是我一直想找的設計……缺點就是貴……」

未來努力擠出笑容聽他說，心底思索著。

要是來這裡說要花九十六萬買一個燈具的人是媽媽的話？我一定會阻止她，還會唸她大老遠跑來這裡，就是為了買這種東西嗎？

而要是是好朋友……比方說，荷娜或多貞？

我不會像唸媽媽一樣那麼暴躁，但會委婉地阻止她們，假如當事者堅持要買，出錢的不是我，我也不會堅持己見。

那要是是前男友之一呢？比方說，秀浩？

我會對秀浩無法理解的美感和缺乏理財觀感到驚訝，搞不好會考慮是不是要和這種男人交往下去！（事實上，未來在談戀愛時，就算是雞毛蒜皮的小事也會拿來檢視「這段戀愛還能走下去嗎？」，有時她也覺得自己有點離譜，但終究無法克制自己不這麼做。）無論如何，當兩人變成交往關係時，事情很容易走向互相干涉。儘管秀浩否認，但他也多次干涉了未來，包括未來穿什麼衣服，戴什麼帽子之類，兩人為此吵過不少架。

那麼在現在這種情況下，我該怎麼做才好呢？

這是個沒有正確答案的問題。

未來打算想釐清自己的想法——

「妳覺得呢？」

始源冷不防地提問，未來只好順著氣氛說下去。

「喔，如果你滿意的話⋯⋯你高興就好⋯⋯」

未來尷尬笑。

始源沉浸在自己喜歡的燈具裡，無暇察覺到她笑容中的尷尬。

怎麼看都醜爆了，又貴，又不實用，換作是我，絕對不會買，但如果始源說要買的話——我能怎樣呢？這是那一瞬間未來所作出的結論。

未來好奇，為什麼我在這段關係中給了始源過去無法給秀浩的寬容？

我喜歡始源多於秀浩嗎？

不可否認地，未來現在對始源還處於「情人眼理出西施」的階段，正啟動著「你喜歡，我就喜歡」模式。可是，從看見那盞燈就浮現「不應該買那個吧」的念頭看來，始源還沒美到像西施那樣徹底迷倒未來。那究竟是什麼讓我包容他呢？

在韓國，情侶很容易被視為命運共同體，大抵因為下述原因：

1. 相信這就是愛。
2. 是對結婚後會成為一輩子夥伴的人的默許協議。

因此，人們會寬大包容著不熟或不了解的人，但和最親近和最珍惜的戀人因為喜好或意見有了一點小分歧，不惜展現殘忍的模樣。這可以說是和某人變得有多親近，就得付出多少的代價嗎？

不過，現在我與始源的關係，心靈親近，就命運來說卻不然。在彼此是獨立個體的情況下所創造出的關係，少之又少。我與始源的關係，變成了當我喜歡的人說他喜歡我根本不喜歡的東西時，我也能保持平常心的罕見關係。該怎麼說呢？這是未來第一次感受到的舒暢感。

在未來的想法和情緒胡亂奔騰的時候，始源站在原地，不斷地打量落地燈，摸了好一陣子，最後決定分期買下。

未來早預想到結局，還是鼓掌恭喜始源，始源開心地露出笑容。

之後，兩人到了未來朋友推薦的義大利餐廳，又去最近的人氣咖啡廳喝咖啡後，回到家附近。

去了比較遠的地方，感受新風景與新的人事物很新鮮，但約會結束後能一起回家的感覺，比未來預期的更好。

兩人走在上次一起走過的公園時，始源冷不防問道：

「不過……老實說……剛才那個燈……妳也覺得好看嗎？」

「呃。」

原本心情平靜，正放鬆的未來像遭到突襲一樣，一時呆滯，張開了嘴，還在想要怎麼回答的時候，始源咧嘴笑道：

「老實說，妳不覺得吧？」

「露出馬腳了嗎？」

「有點。」

「是要放在你家的，你滿意最重要。」

「是吧，我也這麼想。」

對於「不喜歡我喜歡的東西，讓我感到遺憾的戀人」也是未來在過去戀愛中經常吵架的理由。有鑑於此，這是段再爽快不過的對話。因為突然出現的燈具話題，原本未來的緊張黯然失色，心情是從未有過的平靜。

「以後去你家就能看見那個燈了。」

「哈哈，沒錯，下次再來玩。」

而且，喜歡的人理所當然似地提起下次的話題，未來邊笑得燦爛，邊點頭。

始源心滿意足地看著未來，又壓低聲音輕聲問：

「啊，所以說……不聊上次的事沒關係嗎？」

「什麼？」

「上次回家的時候……我擔心妳是不是覺得哪裡不舒服……」

「喔，不是那樣的……」

未來含糊不清的語尾，始源觀察她的臉色，溫柔地說：

「不一定要現在說，無論何時只要妳想說……說出口也不會感到困擾的時候，再告訴我。」

未來變得猶豫。

未來還沒下定決心，但看見始源的溫柔眼神，在非常短暫的瞬間——就像堤防潰堤般，從上週五晚上到現在，近一週的情緒瞬間湧出。

其實，那天在始源家裡從開始到結束，一切都非常好，只是在肢體接觸的那一刻，我忽然想起了素里的臉，大腦明知我不是第三者的，但很難不那麼想——在我和你的肢體接觸中，也少不了她的一份。加上，我天生就很難受到富有性魅力的氣氛影響，所以，我覺得我們單純約會就夠了。可是，回家之後，我想到你和素里在約會，覺得有點難受，於是出門和朋友見面，告訴她們我開始了開放式關係。在我對朋友胡言亂語之際，我識破終極參道的奧秘，就像我不會嫉妒男友和前女友是遙遠的過去中發生的事一樣，在你不和我在一起的時間與空間裡所發生的事，也不歸我管。儘管我還沒到大徹大悟的地步，但我覺得我好多了。看著今天買著醜不啦嘰燈具的你，我卻若無其事，看來我漸漸習慣了與你保持這絕妙的距離。

這些話全部說出來，也沒關係嗎？

要是在過去的戀愛，未來無法輕易地說出這些話。起碼不會對當事人說。如果是為了在「戀人」的名義下，和某人拉近關係，和睦相處，就不該吐露自己所有的情緒才對。那是會讓對方不舒服，是「坦率得過了頭」的行為。我們在戀人面前都得坦率，但不能坦率過了頭。

正因如此，我們才決定不告訴彼此自己關於對方的想法，只和這段關係當事人以外的人分享。這才是親密關係真正的訣竅。這世上，絕對有人用這種方式創造出「親密」愛情，那也不是虛假的愛情。有人就是覺得這樣子相處更自在，未來也有很長一段時間是這樣。

可是，每當未來努力和「創造出的親密」的對方相處時，偶爾會突然感到孤獨。未來不想再次經歷那種心情——和最喜歡的人在一起時，被從骨子深處裡長出如荊棘般的孤獨感蠶食，卻又無能為力。然而，事與願違。因為如果未來想和戀人好好相處，想被愛，那就不能坦率。

雖然未來一直期望和戀人度過每一天，但只要過了某段時期，未來就想跑向朋友，向朋友坦白自己的內心話。

要是未來能把「不對戀人坦率過了頭」的模式視為戀愛的宿命，能堅持下去就好了——但未來辦不到。未來努力建立的親密關係，會在孤獨來的頻率變高時，不知不覺中走到盡頭。未來不想重蹈覆轍，但她還不知道要怎麼做，才能達到這個目標。

未來吞了口水，始源似乎跟她一樣緊張，望著她。

未來下定決心地開口。

●

兩人散步，不覺間到了未來家附近。

兩人之間流淌的沉默。

未來經常在坦白內心話後感到後悔。

最後悔的時候就是自己好不容易說出的話，對方卻沒什麼反應，自己還得觀察對方表情的時候。我不知道他是怎麼解釋我所說的話，很不安，為了試探而拋出說出了不該說的一句話、兩句話。事後回想，那些話都變成了我更後悔的原因。

然後，未來就會徹夜難眠，想著：「果然不說更好，沉默是金，古人的話果然沒錯。」

可是，現在不一樣了。

「我很久沒跟別人交往，那天我也很緊張。我確定我和你一定能度過愉快的時光……不過，我也不知道我們會進展到什麼程度，先作好了心理準備……家裡和臥室都準備好了……」

某些部分過於詳盡，某些部分零零落落，未來的話說得顛三倒四的，而始源沉穩地聽完了後，也開始說起自己的心情。

「真的嗎？」

「是的，世事難料。」

看見紅著臉害羞笑著的始源，未來不得不跟著笑。

「是啊，我也是，怎麼說呢，打算順著氣氛走的。」

「是吧，我也很小心。我很高興妳那時坦率告訴我，那天的約會才能那麼輕鬆愉快地結束了。」

「你能這樣想就好了。」

「當然了。如果妳無法坦率或是妳也搞不懂自己的心情，我們卻更進一步了，那會造成我們以後交往的困境。」

「是啊……」

「還有，從某個角度想，妳會在那一瞬間想起素里，很正常。我們先單純約會也不錯。以後妳改變心意，隨時都能告訴我。」

「好的。」

「其實我和素里見面時也想起了妳，很好奇妳的心情，妳在做什麼，會不會覺得累……要是我早點問就好了，我太晚問了。」

「不會的。對了，我上禮拜看了你推薦的電視劇。有趣是有趣，可是有些看不懂的地方。但如果我告訴你我看了劇，就不可避免地得聊到我那天的心情，我才沒特別提。」

「原來如此……全都告訴我吧。無論何時都可以。」

始源小心翼翼地緊握未來的手，又鬆開了，似乎是因為歉疚、尷尬與感激。始源變得有點可憐，如此一來，未來又失去了主見。明明是大家都達到共識才開始的戀愛，又不是始源該對不起的事。但她想一想又有別的念頭冒出來——反正始源該不該歉疚是沒有答案的問題，關鍵在於我怎麼想，我決定要想成這不是始源該覺得歉疚的事。從人性上來看，始源是有可能感到抱歉，可是會發生這些事，是我的責任，我又不是因為失控決定談一場非理性的戀愛，反而是過於理性下判斷的結果，我正在觀察著那個結果帶來的每一瞬間。我是不是覺得無所謂？我的臨界點在哪裡？我能談這場戀愛到什麼地步呢……

「你……會覺得累嗎？」

「累……不會。」

未來被始源微妙的語氣嚇到，反問道：

「真的？」

「我畢竟也是這段關係的當事人……有時候我會想，是不是因為我的貪心，害妳變得很辛苦。」

一說完，始源察覺到未來微妙的表情變化，笑道：

「可——是——呢！我知道這種想法不尊重妳！所以控制住了。」

未來用笑容回應始源的臨機應變。

「哈，幸好你有意識到。」

「是啊，我很坦率，妳也很坦率，所以，不管以後怎樣，希望只要想著我們在一起的時間很開心就好了。」

「你也對素里傾吐過這種煩惱嗎？」

「以前說過一些，我現在能有這種心態，都是多虧了素里。是她教會我的。」

「真不錯。」

「是的……很感謝她。無論如何，今天和妳聊得很開心，謝謝妳坦白告訴我。」

「我也是。」

「也謝謝妳告訴我那個九十六萬韓元的燈又老舊又醜。」

「我也說了如果你喜歡，我尊重你。重點應該是我那份心意吧？」

看見未來耍嘴皮子，始源露出燦爛的笑容，用單手自然地拉過未來，親吻了她的額頭。未來的臉頰變紅，始源咬耳朵低語：

「下次一起去買妳想買的東西，我要看看妳的喜好有多激進……」

一個男人的說話聲怎麼如此甜美？未來呵呵笑著，始源也笑著，兩人結束了當天的約會。

未來帶著輕快的腳步，走入玄關坐電梯。

雖然那個人不是我的，我也不是那個人的，但我們不是地下情，也不是不尊重彼此的一次性交往。我們正在累積兩人之間的時間與回憶，以後能更輕鬆地開玩笑了。

當未來一打開門回到家，她想忘記始源就忘記始源，想思念始源就思念始源。從此一事實看來，未來感到些許的解放感。搞不好她真的能被解放，從這輩子困難又不自然的愛情困境中解放。未來的心底平靜地蔓延著一份令人愉悅的樂觀。

9 你們曾是感動

「對不起，我重寄一次，名字是……」

「是的，沒想到天氣這麼熱……請把收到的商品作廢……」

在未來逐漸適應開放式戀愛的困難與愉快時，發生了意外。

學姐的募資項目輕鬆超過目標金額。因為市面上相似的產品層出不窮，學姐為了用更豐富的味道、新穎食材與實惠價格一決勝負，付出千辛萬苦，如今到了辛苦結成果實的時候了。

募資順利結束，預定該寄出的產品都按日程寄出後，未來湧上了巨大的成就感。該說學姐原先抽象又茫然的「事業」終於有了清晰實體，得以用身體實際感受到的心情嗎？未來認為第一步相當成功，接下來，只能忐忑不安地等待那些「贊助人」的正面試吃評價——果不其然，才過了一天，贊助人的聯絡爭先恐後地上門了。

做為主產品推出的代餐飲品，在炎炎夏日的配送過程中，有的膨脹，有的爆炸了！

代餐飲品開封前可室溫保管，加上配送日期訂在九月中，未來不覺得需要特別低溫配送，沒想到，從工廠到客戶家的路程，太陽比想像中更厲害。代餐飲品放在豔陽下，以及比豔陽更炎熱的卡車裡幾小時，最終爆發了意想不到的問題。

未來負責設計、行銷，還有經營社群網站，忙得不可開交，根本無法獨自處理突然湧來的諮詢和抗議。她面對瞬間暴增的訊息量不知所措，不得已打電話給凌晨留言給她的學姐。當時學姐還說：「產品都送完了，可以休息幾天了。」

電話接通三十分鐘後，進入緊急狀態。未來和學姐並肩坐在小辦公室裡應付所有的電話與詢問。為了防止相同事故發生，她們得準備好對策。除了和外縣市工廠商量，盡快重新發貨之外，兩人還得先算出重新發貨所需的產品成本金額，以及準確的運費損失。

如果鎮靜一點，未來和學姐會很清楚知道，這是任何創業初期都可能發生的偶然事件，想成是一種學習，但坦白說，她們沒那份餘裕。

未來的專業領域不是經營對策和會計，她只能邊快速又親切地應對客戶的詢問，邊偷覷強顏歡笑，仍堅強坐在那裡，努力以最快速度解決一切狀況的學姐。未來莫名難受，覺得事情是自己的關係才發生的。為什麼我沒能事先想到呢？我至少得想過一次產品包裝材質或是低溫保冷問題，當學姐在處理困難的一切時，我明明有時間能考慮的……

未來陷入了自己思緒的瞬間，和正在講電話的學姐對視。學姐笑了笑，右手在空中畫了兩個圈。

大致意思是，別胡思亂想，好好接電話。

未來用唇語回應「好的」，從電話另一端接收像暗號般的產品訂單號碼。

因為這件事，原本未來一個人悠閒坐著的辦公室，突然變得很忙碌，而且散發出一種嚴肅的氣息。隔壁辦公室的創業公司員工們裝沒看到，實則被勾起興趣。大家已經從辦公室門口貼著的海報和名牌，知道學姐公司的產品與公司名（學姐起的品牌名是「未來餐飲」，一開始沒告訴未來，直到未來決定加入，才害羞地告訴未來），只要上網搜尋一下，就能掌握事態。

因為目前共享辦公室的餐飲公司只有「未來餐飲」，所以其他辦公室並沒有相關經驗的鄰居，只不過大家都能體會創業初期的痛苦和意外變數，許多人朝未來和學姐投以加油和安慰的視線。未來認識的瑟琪親切地說了聲「加油」後，留下從一樓咖啡廳買來的甜點。

雖然共享辦公室的人不是在同公司工作、分享所有工作細節、如命運共同體的「同事」，不過，像這樣子使用相同的空間的寬鬆關係，卻在這一刻感受到連結感。這對未來來說，有些神奇，也很感謝。

這裡的經理始源，也是未來的「寬鬆同事」之一，當然，未來會自己告訴他一切的情況。

「有需要幫忙的地方，隨時告訴我。」

始源每隔幾小時就發一次類似的訊息，雖然未來忙得沒辦法即時確認訊息，不過，當她遲來地讀到訊息時，會感到相當踏實。

產品毀壞事件的第一天，未來晚上九點多才下班。隔天，始源在下班時間，到未來辦公室問：

「今天也會晚下班嗎？」

「喔，對……今天收到重新發貨的要求，我得一一確認完，還要重新製作發貨單……」

「唉，真擔心妳，真的不用我幫忙嗎？」

「不用，這幾天忙完就沒事了，我才擔心學姐。」

「也是……要不要幫妳們買點東西？」

「不用了，我叫外賣了，喔，還有今天那個……」

「什麼？」

「你不是應該和素里約會嗎？」

未來一整天忙得不可開交，無暇想到這件事，但在那一刻卻掠過腦海。因為三人公開透明地分享彼此的約會行程。

「沒錯，我差不多該出發了。」

始源看了眼手錶，尷尬地笑。那份尷尬的意義是什麼呢？未來第一個想到的是，可能是因為丟下加班的我出去玩，儘管這有可能是未來基於好奇心的擴張解釋。不過，和始源交往一陣子的未來好像變得從容了，竟然有心情分析這些。

「你快去吧。」

像證明了她的從容般，未來對始源真心地說，並笑了。她絕對不像以前一樣，嘴上說著「你快去吧」，心底卻想著「你別去。你敢去試試看。我會很失望……」。

「好的……未來，加油！」

「謝謝～明天見！」

始源揮揮手離開。

未來暫時感受了一下餘韻，再把雜念逐出腦海，全神關注在工作上。她交叉比對今天透過官網、社群媒體和電話收到的重新發貨名單和贊助者名單。

●

約一個半小時後，未來還沒來得及收拾外賣三明治的殘骸，先和從外縣市打回來的學姐通電話。兩人得出結論。一是現在無法改變產品外包裝，只能在送貨時加放保冷劑。不過，費用相當可觀；另一是由兩人親自送貨給在首爾，尤其是位在辦公室附近的訂貨人。「學姐說得輕鬆……」這句話梗在未來的喉頭沒說出口。

在這種情況下，未來不得不嚥下那句話。學姐的意思就是，未來必須重新整理出距離辦公室半徑約十公里內的重新送貨名單。學姐表示很不好意思，得麻煩未來，而未來也爽快答應後掛斷電話。儘管學姐的聲音聽起來和平時有點不同，不過不是特別絕望，未來鬆了一口氣。上學時也覺得學姐擁有強大的心智，而這種特質的確是天生的。從商最重要的本錢果然還是強大的心智吧？未來再次感受到了。

這時，「所有人的辦公室」除了「未來餐飲」之外，大家都下班了，然而，安靜的休息室裡忽然傳來了「喀」地一聲，有人推門進入。

未來下意識一看，竟然是熟悉的臉孔。是始源和素里。

始源出現還有可能，可是始源和……素里？

未來懷疑自己的眼睛，眨了眨眼，再次看向外頭。

應該是看了太久平常不看的 Excel 和數字，才一時看錯吧——

「未來！我突然過來，妳嚇到了吧！聽說妳很忙……我方便進去嗎？妳還好吧？」

素里開朗的聲音先傳入辦公室，告訴未來她不是幻聽。

天啊，未來不自覺地大笑。

「幹嘛問，當然可以進來！」

在兩人開心問候之際，一旁的始源解釋道：

「我說妳的辦公室出事了，妳很辛苦，素里一直問我有沒有能幫妳的……我發訊問妳，但妳沒回，所以……」

未來這才看了手機，二十分鐘前始源發了好幾條訊息來，那時忙著和學姐講電話，沒看見。

「哎呦，今天是你們約會的日子，幹嘛跑來啦？」

「現在也在約會啊，我很想妳，聽到他說的，很擔心妳。不是說公司沒其他人嗎？妳一個人處理得來嗎？」

「妳公司老闆去外縣市了吧？」

「對，我們剛才通過電話……」

素里忽然捲起袖子說：

「簡單的事儘管差遣我們吧，趕快一起做完，出去喝啤酒吧。」

「什麼……？……真的嗎？」

「是啊，前提是妳不介意。」

「喔……」

事發突然，未來的大腦和嘴同時靜止片刻，而手不自覺地伸向昨天做好的送貨單。

「那個……我當然很謝謝你們……其實我正在處理一份簡單的工作……」

「看來有事能做了，看吧，我就說一定有能幫上忙的地方。」

素里向未來可愛地眨眨眼，坐在始源旁邊。

「我該做什麼好呢？」

素里的模樣太可靠了，未來的複雜想法還來不及出現。未來在螢幕上點出辦公室附近的地圖後，向兩人解釋現在的情況。

約三十分鐘後。

如果只有未來一個人，得花整整兩小時累得半死才能完成的事，在始源和素里的幫助下，迅速搞定。雖然是簡單不用動腦的工作，但是始源和素里俐落又迅速的模樣，徹底展現出「職場高手」的風範。

所有的工作都告一段落，未來找回些閒暇，眼裡這才映入了始源和素里出現在辦公室，而且是幫自己加班的不和諧風景。啊，真的非常感謝，可是這樣是可以的嗎……素里看見突然尷尬的未來，開口道：

「哇，一起做，所以很快就結束了呢。真是太好了。」

「是……是啊，真的很謝謝你們……」

「謝什麼。感謝的話就請我喝啤酒吧，剛才不是說好了嗎？」

「我，我有嗎？」

「就當有吧，好嗎？」

素里笑著起身，有竅門地迅速整理好辦公室。比真正使用這間辦公室的未來更得心應手。

未來被素里的氣場引導著，一起走出了「所有人的辦公室」。

「哎……」

外頭的風景和平常沒兩樣，未來仰望晴朗的天空，不由自主地長嘆。她再次對能下班感到感激，想到從昨天開始的突發狀況和緊急模式。還有緊張和壓力，真的很感激。如果素里和始源沒幫忙，沒有在旁邊一起說說笑笑——也許未來到現在還沒能徹底擺脫這種狀況帶來的自責與壓力。

不知道素里和始源知道未來心中所想，輪流看著未來，微笑。

「未來，妳知道哪裡能喝啤酒嗎？」
「這個，我不太清楚……」
「那麼～去我知道的地方，可以嗎？」
「喔，當然好！」
帶頭的素里充滿活力，因為她，整天被工作折磨，身體搖搖晃晃的未來也跟著有了力量。

●

「今天是你們約會的日子，我在這裡也沒關係嗎？」
「妳在更有意思。」
素里帶大家去的地方是一家有種類繁多的精釀啤酒的啤酒屋。
一如既往地，店家的說明過程刺激未來的好奇心，她好不容易挑選了啤酒，喝了一口後，感受著吞入喉嚨裡的柳橙香氣，緊張也得到緩解。
「真的嗎？素里真的覺得我不錯嗎？」
說不定，緊張緩解過了頭。

素里覺得未來的問題很有趣，大笑出來。

「是的，我說過，我從一開始就很喜歡妳，呃，難道妳不喜歡我嗎？是我沒搞清楚狀況，自己在裝熟？」

「才不是！我也覺得妳人很好……只是，很神奇。」

與其說是違心之言，不如說是未來在那一刻自然冒出的真心話。未來真的不討厭素里，非但不討厭，甚至更近乎喜歡。只不過，不知道在這種關係中，未來是不是還能擁有正面的情緒，未來偶爾會因為這樣的想法而感到混亂罷了。

當然，在其他方面上，素里並不是未來平常會交朋友的那類人。儘管這純屬未來的個人觀點，但素里有著天生的瀟灑與幹練氣質，就算隨便穿白T恤配牛仔褲，也能從骨子裡散發出帥氣。從未來這種過著平凡、不醒目、樸素的人的立場來看，素里是她只可遠觀的憧憬對象。

假如不是始源，她們不會有任何交集。未來過去的生活就是如此。不是有一句至理名言嗎？「物以類聚」。

「我上次說過，我第一次和始源的另一個女友像這樣見面聊天。妳當學生的時候，沒有喜歡過哪個偶像嗎？」

素里的提問有點沒頭沒腦，不過未來的腦海立刻閃過了年少輕狂時喜歡的偶像歐巴們的臉。

「喜歡過……為什麼問這個？」

「為什麼呢，因為大家喜歡同一個偶像的話，很快地就能變親近。想一想這是當然的，因為那個人也喜歡我喜歡的人，我喜歡的歌曲，很容易形成共鳴，有很多話能分享。大家一起看電視，聽電台，分享感想，還一起買雜誌……」

「沒錯，一出專輯或周邊商品，大家就會分享……」

「因為對我來說，妳……有點那種感覺。」

在那瞬間，未來靜止了三秒。

「什麼？」

聽見未來強烈的反問語氣，一旁坐著的始源的臉變紅了，同時素里發出爆笑聲，說道：

「哎呦，雖然始源的外表沒有偶像那麼帥，但妳這麼吃驚……」

「未來，我可以生氣嗎？不對，問題出在妳，素里！為什麼偏偏要用這種比喻？」

未來這才打起精神，滿臉通紅慌張解釋道：

「不是，我不是那個意思……！始源那樣子……不對，我不是說始源沒那麼帥！」

「隨便啦，解釋沒用的！」

在未來和始源開玩笑鬥嘴的時候，引發這個事態的始作俑者素里，興致勃勃地看熱鬧。

「我從來沒想過，現在這個情形和以前追星的心情是一樣。」

未來提高音調解釋的時候，素里微微一笑道：

「妳當然可以覺得不一樣……只是對我來說，我覺得感覺滿像的。」

未來的腦海裡浮現學生時期一起「追星」的朋友的臉，大家用「＊＊太太」或「＊＊媳婦」的暱稱互稱，細細捕捉和分享那個偶像有什麼什麼優點，怎樣怎樣多帥，當時大家完整分享對某人的愛所帶來的喜悅，未來到現在都記得那份感覺。

當時，未來很清楚韓國全國有五兆五億位「＊＊太太」……好吧，少說也有幾萬名「＊＊太太」，總之，她很清楚地知道自己不可能擁有那個偶像，但因為是真心地喜歡他，珍惜他，祈禱他能紅，祈禱他能幸福，所以很高興也很感謝其他人也喜歡他。大家一起喜歡同一個人，讓那種瞬間變得更美好。

這麼看來，當「偶像歐巴」的現實醜聞曝光的時候，粉絲俱樂部和朋友們的反應有點不同。很多時候，偶像爆出醜聞是對粉絲的背叛，所以粉絲會受到很大的傷害。

不過，未來比想像中的冷靜。因為未來認為「單方面的喜歡」，卻要偶像歐巴付出私生活作為代價，想控制偶像的私生活，太過分了。比起傷害，未來反而產生了「啊，我的偶像歐巴也是人啊」的現實感，心情變得更奇怪了。因為一直仰望著的偶像，未來偶爾會忘記那個人也只是一個人類。

總之，素里的論點讓未來覺得很新鮮，也模模糊糊地能理解素里那樣說的原因。未來點了點頭，又開了玩笑。

「喔，什麼啊，那這裡是粉絲見面會呢，我們都是韓始源粉絲俱樂部的成員，對吧？」

「就是說啊，歐巴～幫我簽名！」

於是，未來忽然有了這樣的念頭。不是所有粉絲俱樂部的成員都很合得來。無論如何，未來和素里相處時的微妙自在感，兩人似乎有什麼是很合得來的。

「哎呦，妳們兩個都不要說了！」

始源近乎悲鳴，還打了冷顫。

這好像是未來在這段時間見過始源最痛苦的表情，仔細想想，始源不喜歡出現在人前、討厭醒目的沉穩個性，確實和偶像相剋。

素里和未來開心擊掌慶祝兩人意外聯手捉弄始源成功。未來邊想著，就像「不能喜歡」、「喜歡上會變得很奇怪的關係」一樣，要是先說好要捉弄的話更奇怪。

始源被兩人的聯合攻勢弄得口乾舌燥，不知不覺間乾了一杯啤酒，於是看著菜單挑下一杯啤酒。

這時候，坐在未來對面的素里眼神閃閃發光地說：

「妳今天辛苦了。如果不介意的話，要不要進行『想問什麼就問吧』環節呢？上次妳說的那些……妳準備好發問了嗎？」

未來想都沒想到事情如此超展開，不過如果在現在這種「氣氛」下，似乎可以完全地投入！未來開朗地笑著點頭。

——我和始源在咖啡廳認識的。在他工作過的咖啡廳，我是那裡的客人。當時我一個人回韓國，在進公司上班之前的休息期……我常去附近的電影院。第一次見到始源，我對他印象不錯……連續去了好幾天，他記住了我之後，對我非常好，還會偷偷地招待我。反正也沒人規定咖啡師的職業道德，包括不能和客人談戀愛，對吧？

——哪有這樣子的？親切是職業倫理。

——不過，有一天始源下班，來跟我搭話，我們聊了起來……這麼看來，你確實有私心，對吧？

——有，我不否認。

——其實，我的家人都在德國，我很久沒回韓國了，在韓國沒什麼朋友，有點孤單。始源來找我……我並不討厭，不管是他這個人本身還是其他等等，我都有好感。該怎麼說呢，始源他……人很體貼，說話很輕聲細語，是吧。通常男人很少這樣的。

——沒錯，他是這樣沒錯。

——隨著我們越來越熟，我有點擔心……因為我不打算談戀愛，尤其是韓式戀愛。

——有特別的理由嗎？

——我隨時會回德國。就算不是韓國，這世上的任何地方，只要我想去，我就會立刻收拾行李離開。如果我在韓國和一個人建立太深的關係，可能會妨礙到我以後的活動範圍。我也很擔心對方死抓住我不放。我自己也一樣。當時我真的是無依無靠，完全獨行俠，所以警戒心更高。我怕以後會太想留下，怕我該走的時候卻走不開。

——妳告訴過始源這些嗎？

——始源跟我告白，說要交往的時候，我說了。那時我想，要是因為坦白這些話，讓我失去他，那也沒辦法。

——當時是素里第一次跟我提開放式關係。

——我是真心的，因為想著就算失去也沒辦法……（笑）

——妳還記得妳當時怎麼說的嗎？

——嗯……我知道聽起來很自私，不過我現在不想成為某人的誰……但我又喜歡你的體貼，和你聊天的時候真的很開心……要是你不介意，我們在交往與不交往之間，找一個不錯的中間點，建立美好的新關係吧……我好像是這樣說的。

——始源你那時何感想？

——先傷心了一陣子（笑），我覺得自己被甩了，乍聽之下，我真的完全不懂她是什麼意思。當時我還不太清楚什麼是開放式關係。她在說什麼？我還以為她在說是有著性關係的友誼。被她弄得暈頭轉向的。後來我們慢慢地聊，我才大概理解了她的意思。

——你理解之後，就打算嘗試嗎？

——首先，我呢，怎麼說，個性喜歡挑戰，還有我也覺得「這對我沒壞處」。因為那時候我已經喜歡上素里，而那是我能和喜歡的人繼續親近，維持良好關係的方法。如果要說差在哪裡，就是我不能獨占素里，或者說擁有她……我是第一次進行了這種模式的「兩相權衡」，考慮能和素里交往，還有不能和素里交往……想著有必要非得往死裡談戀愛嗎？還有，我在過去的戀愛中也受過傷……所以，搞不好開放式關係更好。

——方便說是什麼樣的傷嗎？

——嗯……我前女友不滿意我在咖啡廳工作，常問我能不能去公司上班。適婚年齡男性都會承受這種壓力吧。來自戀人、家人或社會？我前女友好像覺得做為戀人，她的建議或要求很正常，但其實我不太舒服。我覺得我的人生和價值觀沒受到尊重，但我又不能直說。因為說了，我覺得我會變成很自私的人。我想過如果是素里說的開放式關係，我的想法、人生和生活就能得到尊重了吧。

——尊重……原來如此。我忽然想到我跟身邊的人聊起開放式關係的時候，有人說「對方擁有了我還喜歡別人，就是不尊重我」。我還在想要怎麼回答那句話……遇到那種情況，我也能像始源一樣使用關鍵字「尊重」。

——如果真的有人的思維方式和你說的一樣……夏蟲本來就很難語冰……這件事的本身讓我有點難過……有必要那樣子想，讓自己變得難受嗎？比方說，可以這樣想，有女朋友卻移情別戀，瞞著女友劈腿。那就是不尊重對方。因為騙了人，因為是欺騙的行為。可是，首先，我喜歡上了別人，我的心的動搖，在動搖的階段……不是也有身不由己的時候嗎？

——因為他們認為對我的愛冷卻了，才可能對其他人動心。

——可是，很多時候不是這樣的吧？雖然每個人的個性和傾向不同……但總之，普通的獨占式戀愛關係，當一方移情別戀的時候，尊重自己的戀人的方法應該是整理好感情，或是乾脆坦白，不覺得是這兩者之一嗎？我在這裡問的是……要是對方向我坦白了，我該說什麼才算是尊重對方呢？這才是更重要的問題，不是嗎？

——嗯……也是。應該要問對方你希望我怎麼做嗎？

——這也可以是一個答案。不過首先，對戀人喜歡上別人，我們該做出的不是覺得被背叛，或是彷彿天塌下來的反應。原原本本地接納現實，才是開始。

——喔……

——我之前也聊過這個問題，有人很戲劇化地反問我說：「有人拿刀刺我，你要我尊重那個人嗎？」可是，我第一個想到的是：「把我的戀人喜歡上別人，跟他拿刀刺我畫上等號的思維，真的沒問題嗎？」不會太危險了嗎？有這種想法的人會不會說著「為什麼不跟我交往」，然後去找對方，做出暴力行為呢？就算是談戀愛，對方依舊是擁有自由意志與感情的「他人」，再怎麼悲傷和遺憾，也就是那樣子，硬要說我因為對方受傷？嚴格來說，對方可能因為喜歡上別人而道歉和安慰我，但，說到底受傷是自己要處理的事。

——所以我們商量好了……萬一遇到有一方喜歡上別人……首先我們會接納那個情況，傾聽對方想怎麼處理那段新感情……互相商量，在我所能承受的範圍內，幫助對方能走向幸福的方向。

——始源現在說的，就是我們的關係。

——那麼，要是真的發生那種情況，始源你真的如你所想的，辦到了嗎？

——當然沒有，不過我努力了，跟素里一起努力。

——我認為不能把壓力推給其中一方，說著「我要去跟別人交往，你能理解我吧？因為你尊重我啊」然後突然跑去談新的戀愛。這種做法也是不尊重對方。我們並不是想要這個樣子，才談開放式戀愛的。

——那麼妳過去和什麼樣的人交往呢……妳準備好回答了嗎？

——（點頭）嗯，我喜歡帶給我新的刺激的人？這樣子說，好像很肉食性……（笑）雖然我也不是不肉食，不過我……好奇心旺盛，有很多事情想體驗。大概到死都會是這樣吧……說實話，我很滿意和始源的關係，不會特意去找別的人交往。如果有人接近我，而我覺得對方擁有某些方面的魅力，感到好奇……就會和對方見一次面。以前大概都是這種情況吧？

——每當那種時候，妳都會向對方坦承說妳在談開放式關係嗎？

——當然了。

——他們是什麼反應？

——妳知道搞笑的是什麼嗎？人們，尤其是韓國人，大家在聊開放式關係的時候，就一副這種關係很奇怪，絕對行不通一樣——可是，當我真的對那些男人提了，他們沒有人逃跑啊。

——可是，女性比較不一樣。

——啊，也是——她們大部分都逃跑了——大家應該都有自己的考量吧。

——什麼考量？

——男人們，在我說出開放式關係的瞬間，表情很明顯。他們想著「啊，這個女人是很隨便的啊。真的太荒謬了，真的是這樣的吧！那我一定要睡一次看看。」，然後說「我才不介意開放式關係～」，他們明明不懂開放式關係的意義。不過反過來，女人會覺得提出開放式關係的男性是渣男，在這個要盡力尋找可靠安全對象的世界……

——有男人突然說那種話，實在很少見，因此，女性的警戒意識瞬間提高了。

——我好像懂是什麼意思了……過去和別人交往的次數……應該是素里更多吧？

——（點頭）是的，是那樣沒錯。可是，我沒遇到另一個長期交往的人。我個人真的——覺得很可惜。我很好奇如果我又遇見另一個不錯的人，我和始源之間會變得怎樣，會有什麼感覺——不過失望的情況更多。

——我也有很多曖昧關係，不過，第一次像現在這樣，進行坦率又深度的對話。

——是啊，應該是這個原因，我才一直想跟未來見面，相處起來真的太舒服了……

——喔，這是……好事吧？

——當然了！

——為此乾杯吧！乾杯！

多虧素里沒忘記未來之前的請託，未來得以問出這段時間最好奇的問題——「素里和始源的第一次見面」。未來大可在和始源獨處的時候問，但不知道為什麼，未來希望素里也在場。

如此順暢自然的故事，有趣到未來想著「這真的是可以的嗎？」，嫉妒才是正常的吧？雖然未來也曾有過這樣的想法，可是那想法的本身似乎並無意義。

到目前為止，只要始源和素里一起出現，未來就像自己探索兩人陌生世界的旅人一樣，今天該說從「新手玩家」階段畢業了嗎？有種稍微升級的感覺，好像跟他們走近了。首先，未來有了更進一步的了解。

不過幾個月前，在遇見始源和素里之前，未來和他們活在非常不一樣的世界，完全無法想像他們是怎麼到達那個世界的。現在仔細一看，未來知道了，各種別緻的怪想法與怪想法交織在一起，使他們順勢地到達了那裡。未來在想，自己可能還在前往那個地方的旅途中。

自己真的能成為他們的同伴嗎？

儘管開放式關係仍是個未知世界，但未來的心情比昨天更自在。她有了更強烈的欲望，希望自己能竭盡全力適應那個世界。

就像渴望愛人與被愛一樣，未來時常因為想變得自由的欲望而痛苦。兩者絕對不可能共存，無論何時總是會遇到矛盾，而在屢屢遇到矛盾的未來面前出現的那兩個人，比起嫉妒，未來更羨慕兩人的模樣。無比自由，而且還兼顧愛情……未來清楚，這世上沒有十全十美的東西，但未來在尋找的，不是適合每個人的東西，而是適合自己的東西。

未來仔細端詳著某天突然出現在面前的兩個人，那怪異又富有魅力的模樣，邊想著這一刻與這一刻所感受到的心情，應該會長長久久記在心底吧，邊慢慢地喝光了剩下的啤酒。

10 那絕對不是我們的錯

素里停在「所有人的辦公室」停車場的ＳＵＶ真的非常帥氣，未來坐在後座，等待代理司機時，順道打量車子。正如素里的個性一樣，乾淨整齊的汽車內部。未來想起了放在書桌抽屜好幾年，放到爛的駕照。是放在書桌抽屜裡嗎？

這時候，坐在副座的素里轉頭道：

「下次要不要一起去兜風？」

「真的嗎？」

「真的，有些地方開車比較方便。」

聽到這句話，坐在未來身邊的始源輕聲插話：

「我週末常開車出門……」

「不管去哪裡，下次約好囉。只要妳不介意就行！去坡州？江華島？金浦？哪裡都好。」

「嗚哇……謝謝妳，素里。」

「不要有壓力，想去隨時告訴我，知道嗎？」

意外的提議，未來不自覺大力點頭。與其說有壓力，她是真心開心與感謝。

就在這時，一名中年男性朝車子走來，素里開門。是素里用電話叫來的代理司機。

「在回我家之前，要先去附近一個地方。地址是什麼？」

始源聽見素里問的話，立刻說出未來家的地址。代理司機坐入駕駛座，邊把地址輸入導航中，邊瞥了一眼後座的始源和未來，輕鬆問：

「看來是朋友？」

素里若無其事笑著回答：

「是的，差不多是那樣。」

未來聽見她的回答，莫名一陣刺痛，一旁的始源似乎也有相同感覺。兩人對看一眼，盡可能地不發出聲音，輕輕地握住彼此的指尖，安靜笑著。

一臉和善的司機絕對想像不到三人的真正關係，就這一方面來看，未來享有著不為人知的秘密所帶來的快感，而另一方面來說，在人前展現出「類似於，朋友」的關係，也讓她感覺刺激。

這樣看來，三人在表面上看起來已經近似朋友，而真說起來，不僅是表面，內心也幾乎進化成如此。儘管三人從解釋起來有點奇怪的狀態下開始，可是，三名當事者並不奇怪——對未來來說，捕捉這微妙狀態的表面與內面的瞬間，十分有趣。

未來感嘆著舒服的乘車體驗，大約開了不到十分鐘，素里的車停在了未來的套房附近。未來和始源下車，素里放下車窗揮手，用未來從沒聽過的高亢語調和過分活潑的聲音道：

「再見，朋友們～！」

未來忍著不爆笑，而始源就像跟未來事先說好的一樣，也露出忍俊不禁的微笑，朝素里揮手。

時間雖短，不過三個人和陌生的第三者處於同一個空間，讓未來感到吃力。素里的車一開走，未來鬆口氣，和始源不分先後地笑出，並肩走著。

「素里個性真好。」

「她個性好是沒錯，但只有一半好。」

「什麼？」

「她的個性是所謂的『喜惡分明』，完全不理睬不感興趣的人。看來她真的很喜歡妳。」

未來聽了始源的話，下意識地發出驚嘆，雙手捧住兩頰。

「呃阿，真的嗎？我做了什麼讓她這麼喜歡我呢？」

「我也不清楚，大概是……坦白得可愛……」

「最好是，少逗我。」

「我是認真的……總之，我也很高興妳們越來越熟。這是不是有點自私？」

「我也不知道是不是自私，有點……討人厭的感覺？為什麼呢？是不是覺得可愛的女孩相處得很融洽的樣子很漂亮？」

未來故意用誇張的語氣和手勢開玩笑說，始源立刻聽懂，難為情地笑了：

「本意不是那樣，不過一不小心聽起來會很不妥當，我收回……不管怎樣，妳這幾天因為工作看起來有點累……現在找回了點活力，真是太好了。」

「真的呢，我都忘光了。」

「噗。」

「這都要感謝你們。」

「素里是我帶來的，我就獨自收下感謝吧……可以嗎？」

始源說著，自然而然地站在未來面前，與她對視。未來本來已經習慣了兩人面對面，但忽然感到緊張，吞了口口水。

就在這時，原本凝視未來的始源頭轉向一旁。

「嗯？」未來的視線循他的視線移動，路燈的燈光與燈光之間只有一片黑暗，也許是剛才凝視著始源閃閃發光的眼神，未來的眼睛特別不適應黑暗。

可是，始源仍然凝視著未來身後的那片黑暗，未來看著他耐心地等著，卻又忍不住好奇想提問。就在這時，始源高聲嚴厲道：

「喂，是誰？」

老實說，這句話讓未來一陣毛骨悚然，特別是未來馬上就要和始源道別，獨自回家。未來的住處位於相對安全的大馬路旁，而且有警衛，所以住在這裡兩年多，從沒發生過不好的事。可是，到昨天之前運氣好，不意味著今天運氣也一樣好。

可是，真的有人在那邊嗎？未來再次眨著眼睛，太黑了，什麼都看不見，可是這時黑暗中傳來了意想不到的聲音：

「喂，李未來……」

在那個怯場的聲音傳入耳中的瞬間，未來吃驚的程度，活像見到全世界最可怕的鬼，又或是最兇狠的罪犯一樣——不，比那嚇得更厲害，幾乎是大叫了。

「……喂，你該不會是……」

始源被未來突如其來的高分貝嚇到。

「是……妳認識的人嗎？你是誰？」

始源還沒釐清現在的狀況，但本能性地擺出保護未來的姿態，阻止未來繼續往前走。

「……你瘋了吧？快出來……你不給我出來嗎？？？」

未來再次高喊。

這時，隱身黑暗的男子小心翼翼地露出身影，走出來。

是不久前在咖啡廳巧遇的前男友，鄭秀浩。

未來一揭曉秀浩的身分，她看見始源緊皺眉頭，充滿警戒地瞪著秀浩，而那個模樣是未來有生以來第一次見到的。

被他的眼神嚇到的秀浩不敢直視始源，索性臉轉向未來，膽怯地說：

「我想跟妳談一下才來的。不用擔心，我什麼都不會做……」

未來還沒反應，始源先接道：

「想說什麼打電話不就好了？不然就發訊息！」

「她把我加入黑名單了，我能怎麼辦？我又沒別的方法。」

未來夾在兩人中間，想說「他不是能幹出大事的料」阻止爭執，但又覺得「這可難說了」再次閉上嘴。因為未來從沒想過秀浩會像這樣子出現在自己家門口。

在「我們都分手好幾個月了，為什麼現在突然這樣？」答案不明的疑惑中，未來的腦袋忙碌地運轉著。

「未來，妳打算怎樣呢？妳想跟他談嗎？如果不想，我就送走他。」

「你夠了喔，什麼叫『送走他』？未來，妳信不過我嗎？我真的只想和妳聊一下……我做錯了什麼嗎？」

在這時候，兩人的聲音再次提高，未來的頭陣陣抽痛，喊著：

「不先說一聲就等在別人家門口，這就是你犯的錯！」

「沒錯，如果只有未來一個人，她該有多害怕多吃驚？」

生氣的始源又補了一槍，站在旁邊的未來覺得發火的始源很可愛，這種時候，還這麼可愛，真讓人為難。被兩人攻勢嚇到臉色發白的秀浩，乖乖認錯說道：

「是、是我錯了，抱歉。」

未來這才平靜了一些，問道：

「所以，你到底想跟我聊什麼？」

秀浩的眼睛瞇了起來，反問道：

「妳要我在這裡說……？」

秀浩眼睛一眨一眨的，意指始源，啊？想兩人單獨談？

未來有點為難，看了看始源。始源掌握了情況說：

「我走遠一點，看著你們談。我絕對不會聽，但如果妳需要我……就發訊號給我，知道嗎？」

「我會的，謝謝。」

未來點頭答道。始源的溫柔眼神告訴她不用擔心，然後他走遠。對未來來說，這是值得感激的事，也覺得始源很可愛。可是我到底該怎麼發訊號呢……？真可愛……

就在這時，秀浩確認始源走得夠遠，開口道：

「那個男人……難道就是妳說的開放式關係？」

喔吼，還在想會不會問呢，竟然真的問了。

未來還在想秀浩為了說什麼才來的，忽然想到了兩人最後一次對話。不會吧，已經分手了，我要幹嘛關他什麼事？應該不會是要說這個吧，但是……

「嘖，幹嘛沒事找事？這跟你有什麼關係？」

「妳叫我了解什麼是開放式關係，所以我查了。真的是太奇怪了。他有女朋友了，怎麼可以對妳這麼溫柔。可笑。就是那個人提議要開放式關係的，對吧？我沒說錯。他知道我來阻止妳，才瞪我。」

秀浩火上心頭，兩眼突然冒起熊熊火焰，感到無奈的未來跟著提高聲音：

「喂，那是兩碼子事！前男友大半夜找到家門口，難道我要說『歡迎光臨』

嗎？你不看新聞的嗎？你不知道這樣做對我會造成多大的威脅和恐懼嗎？」

「喂！妳明知道我不是那種人！」

「我不知道！我怎麼可能知道！會做出要上新聞的事的那種人，額頭上會寫著『我會做壞事』嗎？」

「……算了，未來……開放式關係不是妳想的那麼簡單……要不然我怎麼會跑來這裡找妳……」

不久前還臉紅氣粗發脾氣的秀浩，忽然壓低聲音，營造氣氛。未來覺得超無言，道：

「喂！我不知道你想像了什麼，這件事沒你想的那麼奇怪，好嗎？你懂什麼……」

「對啦，那些邪教也都是這樣開始的……」

秀浩一臉「我很懂」，打開了深邃眼神的開關。未來看著那張令人不耐的臉，簡直要瘋了，回嘴說道：

「哈，你夠了！這是我自己要做的，拜託你少管，好好過自己的生活……你自己管好自己吧，秀浩。」

未來邊說邊湧起無奈的自責。當初就不應該多嘴告訴這傢伙……這就叫作繭自縛啊……

「未來……」

秀浩不但沒有被未來冷冰冰的語氣嚇跑，反而往前踏了一步，想握住未來的手！幸好未來閃得快，險些不爽到想揮打他後腦勺。要不是始源看著，她絕對會打下去。

「喂，你真的希望我報警嗎？」

未來在這裡看見了始源站在遠處，始終注視著這裡。雖然他聽不見對話內容，但似乎隱約聽見了「報警」。

為了讓始源安心，未來笑著，雙手交叉比出個X，始源似乎理解地點點頭，但眼神仍略顯不安，就像擔心未來會出事一樣的可靠大型犬。有種莫名的……性感？無論如何，正在與前男友爭論的過程中，這種想法出現得不合時宜，卻也正因如此，才更性感。啊啊，難道這種感覺就是傳聞中的……「悖德」嗎？

「妳跟我分手是不是很難受？可是，不是妳提分手的嗎？」

「……你在說什麼？」

「未來……妳為什麼要這樣，為什麼要作賤自己……妳可是很珍貴的人。」

秀浩更加深情款款的眼神，未來啞口無言。

兩人之間吹過了冷颼颼的風。

「喂，靠，你少發神經了！」

啪地一聲，未來終於忍不住揮拳打了秀浩的手臂！

秀浩被出其不意攻擊，痛得發出響徹夜空的悲鳴，遠處的始源連忙跑來。

儘管實際情況和他擔心的正好相反。

「喂，李未來！我是擔心妳……」

「你太可笑了吧！幹嘛？前女友說要談開放式關係，你就覺得是因為你傷我太重，想要負責嗎？自我意識這麼重，該拿你怎麼辦才好？真的是！」

「你在說什麼啦，我是真的覺得妳作出了錯誤的選擇，得有人阻止……就算那個人是我也好……」

「不然呢？你覺得回憶被玷污了嗎？因為我，你也變成怪咖了？」

始源正煩惱要不要阻止未來揮舞在空中的拳頭，而他大致掌握了情況，臉色微微陰沉。

秀浩不知道是捕捉到始源脆弱的神情，還是覺得跟未來話不投機，這次改攻擊始源，道：

「欸，大家都是男人，我才給你建議，不要過著錯誤的人生。」

「喂！你說完了沒？真的是！！」

未來七竅生煙，想撲向秀浩，始源小心翼翼地阻止她，用前所未有的冷靜且清楚的語氣說道：

「我的人生沒有出錯，就算有，你也沒資格勸告我。同樣地，你也無權干涉未來。不了解狀況就不要隨便給出建議。那非常沒禮貌。未來，我們走吧。」

始源說完後轉身，在那瞬間，未來看見秀浩充滿困惑的臉龐。他自己也沒想到會有這種情緒。因為他覺得自己今天的責任是，拯救被渣男迷魂的傻女孩。未來覺得和他沒話好說了，跟著始源一起離去。但始源停下腳步，又說道：

「要是下次再這樣子找來……我真的會報警。」

這是最乾淨俐落的最後台詞了。

未來激動的心情也不自覺地變得平靜，她和始源牽手，再自然不過地走入大樓，退場之完美，一如最後台詞之俐落。

稍後。

當未來重新振作精神一看，兩人不知不覺已經站在電梯中，正前往未來位於七樓的住處。

未來沒想到今天始源會來家裡，家裡有點亂，本打算以後打掃好再請他來……！

未來腦袋陷入暫時性混亂，可是不久前發生的事，餘韻未消。因此，為了分享前男友的奇襲所帶來的荒謬、憤怒和感激等各種情緒——還有，事實上，未來也想進一步探索在危機時刻強烈感受到的始源的性感，最終，她若無其事地站在熟悉的七〇八室前，用緊張的手指按下了大門密碼。

「妳家和妳個性真像。」

「你的意思是，我的個性就是這麼地亂糟糟，很頹廢……？！」

「啊，不是的，意思是很可愛又很有個性……！！」

兩人不知為何用比平常興致更高的語氣，互換對未來家的第一印象，走進屋內。

未來的家和始源的家不同，套房沒有能擺沙發的空間，所以未來讓始源坐在椅子上，自己坐在床上。

儘管兩人不是第一次在密閉空間獨處，但未來分外緊張。因為是自己家才這樣嗎？未來尷尬地用藍牙音響放音樂。數位音響音質雖不及始源家的類比音響，但在這一刻還算能聽。

「我原本沒這麼打算，不知道為什麼進了妳家……我真的沒想過要進來。」

果不其然，始源也有些緊張，聲音微微顫抖。這奇妙的刺激感，未來觀察他的臉色，把手偷偷地放到他手上。始源微笑，對視，眼神傳遞訊息，感謝她緩解了緊張。才不是，我想讓你更緊張。未來努力壓制這種念頭，強自泰然地說：

「我真的沒想到會發生這種事，他以前不是這種人……」

「方便問你們分手多久了嗎？」

「大約四個月。斷得很乾淨，沒有藕斷絲連。不久前，巧遇過一次，那時候我覺得他好像還放不下那段感情，我才……」

「那時候跟他說了啊……開放式關係……」

「是的……跟我想得完全不同，我以為告訴他，他就能徹底死了那條心……」

「用一般的思維，是有可能那樣。不過，那位好像還沒放棄妳……」

「唉，我不想知道。無論如何，今天這樣子面對面說開，應該能整理掉我們的關係了吧。從各方面來說，幸好有你在場……」

「就是說啊，如果妳一個人遇見他，一定會很驚訝也很害怕……」

始源邊說邊望著未來的臉，替她整理臉頰旁散落的髮絲，噗通噗通。努力冷靜的未來的心跳再次加速，說道：

「今天的事應該要告訴素里吧？」

「嗯……看妳的意思。因為這是妳的私事。」

「原來如此。」

未來邊回答，身子邊微微傾向始源。

始源有些緊張地點點頭。

未來歪著頭，近距離對視著始源的眼睛。

「那這個呢？」

她小心翼翼地，把嘴唇碰上了他的唇。

「啊……這個……我也不清楚……」

始源不知不覺地紅了臉，明明和平常是同一張臉，但在未來的眼中，卻殘留著剛才的性感，未來攬住始源的脖子輕聲問：

「沒關係嗎？始源……？」

這次始源用輕吻做為回答。

未來沒放過機會，加深了那個吻，躺上了床，引領始源的後背靠向自己。

劇烈的喘息。是一個不容未來的胡思亂想攪入的熱吻，在氣氛達到高潮後，始源的手迷失了方向，未來拉了他的手放到自己的胸口。在他的唇再次壓向她之前，他問道：

「沒關係嗎？未來……？」

未來用脫去T恤回答了他。

●

在那之後，經過幾次言語，與非言語的確認，未來終於和始源度過了「有發生什麼」的夜晚。

隔天凌晨，始源說要回家換衣服上班，輕吻未來的臉頰後離去——那時未來看了看時間，還高興地說可以再睡幾小時，卻不知為何難以入眠。

全身還留有昨晚的餘韻。這麼說很怪，但無論如何，不同於未來先前的猶豫和憂慮，結果她與始源發生了關係。該說「做了」嗎？雖然是渴望發生的事，先前的猶豫，果然是因為他們之間的關係有些特別。

腦中總是胡思亂想的未來，很少有像昨晚那樣的情況，她不像之前一樣想起了素里的臉。腦海一片空白，只想把身體託付給那份衝動的心。

未來想著「這是怎麼回事」，回顧了昨日。很少有像昨天那麼變化多端的一天。她一早忙著處理公司的意外，晚上因為來了意想不到的援軍上門而暫時開心，更意想不到的就是前男友的突襲。或許正因如此，未來才產生了衝動，累得無法再想。她也想要緩解壓力和疲勞。

說不定這是件好事，無論如何，她一直無法承認，自己在某些領域的猶豫不決，源自於兩人關係的特殊性。

老實說，之前去始源家，未來也想和始源發生關係，可是因為掠過了素里的臉，因為複雜的情緒——難以啟齒的歉意，或許摻了些許的自我保護本能，使得未來想作出適度的妥協。

無論當初越不了線的理由為何，最終，未來靠著自己的意志越了線。

她平常總是很不高興也討厭人們賦予性愛過多的意義，但她對自己的戀愛卻是前所未有的謹慎，這是事實。因為不管怎麼說，開放式關係是她從未有過的經驗。

讓秀浩膽怯畏縮，又站在遠處守護的始源散發出的性感，讓她在心底開玩笑感嘆「悖德感」，但在通常被人們認為是真正的「悖德」的昨晚情況下，未來卻沒有產生那種感覺。這件事有點神奇。

因為如果說悖德感是某人在他人所不知情的情況下，做出不合倫理的行為，並感到快感，那麼，不屬於任何人的始源，還有不屬於任何人的自己，在根據兩人攤開說清楚的協議下發生了關係，並沒有任何悖德之處。

如今想來，未來先前之所以會想起素里的臉，是因為未來的潛意識還沒擺脫過去在戀人關係中，對方有部分歸自己所有，即持有「股份」的思維。未來帶著這樣的思維活了三十多年，還有，整個宇宙都高呼那種思維「就是愛情」，所以，從某種角度來看，未來有這種思維，天經地義。

然而，隨著某些因素，像是素里對待自己的態度、素里與始源之間的自由關係，以及建立這段關係的契機等，都沖淡了未來過去的思維意識。

未來現在真的理解了，儘管素里是始源親近並珍惜的人，還有，素里比未來更早認識始源，有著更久的關係，這些都是事實。然而，素里並不能因此主張對始源的所有權，或是限制他的私生活。因為素里和始源就是用這種方式建立起兩人的生活。

所以，在尊重兩人關係的前提下，未來——始源另一個親近並珍惜的人，只需要建立起和始源兩人之間的關係就可以了。昨晚的性關係也是此一意識的延續。就以上觀點而言，向全然不知情的純真第三者，隱瞞三人的真正關係，還有完美扮演好朋友關係，帶給未來的「悖德感」，遠大於和始源發生性關係。

不知不覺間，時間過了早晨六點。

未來依然睡不著，想起昨晚睡前和始源並躺分享過的各種話題。

未來問始源是不是該告訴素里兩人的關係發展，始源說素里已經知道兩人進行著美好的肢體接觸，而自己和素里都決定不把肢體接觸賦予更特別的意義。所以，要不要告訴素里，全看始源和未來的意思。雖然誠實共享一切是對的，不過，等到準備好再說就行了。

未來再次咀嚼回味那句非常瀟灑的話——「不把肢體接觸賦予更特別的意義」。儘管始源是個聰明又不錯的男人，但這句話應該是素里說的吧。

未來明確地感受到，人們之所以只對性愛賦予特殊意義，有很大的嫌疑是因為「基於戀人、夫妻之間擁有對方身體的前提」。

最重要的是，此一前提會削弱人與人之間的感情與關係。既然兩人已經互相珍惜，關心對方，一起度過幸福時光，只接吻不做愛並不會改變其本質太多，反之，不是一定要發生關係才能證明什麼，或確定關係。這是未來經常出現的想法。基於性愛與關係有必然關聯的前提下所出現的慣用語，像是「該做的都做了」、「已經全壘打」，總是帶著侮辱性。

儘管如此，對未來來說，她和始源到目前為止的交往，仍然是另一回事。

未來常說討厭把「插入性愛」賦予特別意義的思維，但她似乎也這麼做了。因此，她有點愧疚。可是，未來能找到藉口。因為我大部分交往過的人都是這樣想的，我有過只能按這種標準與人交流的過去。而這並不是我的想法……！

無論平常是否認同滲透社會文化的固定觀念，要完全擺脫其影響，仍然不易。不過，未來與此同時，正在靠自己的意志努力地越過那條界線。這是令人高興的事。

當然，現在的情緒平衡或許只是暫時的，或許是新手的幸運。未來一想到遇見始源和素里，說不定是自己福星高照。未來經常想，與其說開放式關係本身未必是好的，搞不好是因為這兩個人是好人。因為社會制度本身就是獨占式戀愛的一種常識性安全網（但依舊存在局限性與缺點），與之相比，開放式關係必須遇到更值得信任的對象才行——也許開放式關係最重要的就是開始與結束。因為很顯然地，無論開放式關係的本質有多優越，要是一開始遇到的對象是不可信任的，下場就會比常見的獨占式戀愛更糟。

未來無法預見以後的事，不過這一瞬間的感情與經驗都很寶貴，這種感覺日後也不會改變，還有，這個經驗絕對會對未來的餘生產生影響，無庸置疑。

未來放棄入睡的念頭，躺在床上久違地迎接早晨的到來。

11 最平凡的紀念日

在那之後，日子過得無比順遂。

由於送貨意外，學姐的事業「未來餐飲」在一開始出現了巨大的赤字，不過，替近距離的客戶直接送貨確實省下了不少費用，而且不辭辛勞的年輕企業家的霸氣與真誠，意外地發揮效果。

多得如此，客戶的產品使用心得也比想像中得好。當然，赤字依舊是赤字。

「事情已經發生了，還能怎樣呢？從現在起得好好幹。」

未來和學姐久違地在辦公室附近一起吃午餐，學姐忽然放下餐具這麼說，未來只能點頭。不愧是擁有強大心智的學姐，換成我，恐怕要蒙起被子憂鬱三天兩夜。未來真的很想學習學姐這一點，正因為知道這一點不容易，所以更想向她看齊。

已經出廠的產量無可挽回，不過既然知道追加生產的液體型代餐有壞掉的風險，學姐決定更換包裝。學姐和外縣市工廠管理者協商，親自看過樣品後決定了新包裝。而未來必須把現有的設計套用到新包裝上，重新送給工廠。

為此，未來又焦頭爛額地忙了幾天，又清閒了。有一陣子被訊息轟炸的「未來餐飲」的社群網站，現在重歸平靜。未來對照產品上架各網路商城的日程和時間，重新製作宣傳文宣，上傳到社群上，幾個禮拜瞬間溜走了。

不知不覺間，始源和未來交往了三個月，而「所有人的辦公室」裡仍然沒人察覺。

新的月份一開始，兩人和素里又拿著行事曆聚在一起，像上次一樣，要確認三人的約會行程。

正值涼爽的秋風吹拂之際，未來很喜歡秋天。短暫秋天帶來的不捨感、特有的秋高氣爽的天空，和美麗的落葉都很好，最重要的是，秋天是未來生日的季節。要說幼稚也沒辦法，未來的人生從秋天開始。

在和始源交往初期聊到星座時，兩人就知道彼此的生日。始源生於初夏，未來清楚記得當時始源說了「不久前才剛過」所產生的惋惜感。六月出生的始源是「巨蟹座」，未來一聽到並不意外。因為細心、體貼，很懂得照顧身邊的人，正是巨蟹座的特質。儘管未來身邊的人都說不信星座。

已經過過三十幾次，未來很清楚生日沒什麼特別意義了，可是談戀愛的時候，或者是有了心儀對象，難免心懷期待。一年只有一次，請原諒她一年一次的幼稚。

正因如此，這次決定下個月約會日程，讓未來比平時更緊張，未來還是會期待始源記住自己的生日。

三個人跟之前一樣，約在「所有人的辦公室」附近咖啡廳碰面。未來好幾個禮拜沒見到素里，素里變成了短髮。

「髮型好好看啊！」

素里因為未來的話笑了，答道：

「最近覺得短髮很方便，妳的短髮也很適合妳啊。」

在兩人溫馨問候時，坐在中間的始源表情不同往常，因緊張而僵硬。

未來怕是自己的心情關係誤會，小心翼翼地觀察他的表情，不過這時坐在對面的素里先開口：

「始源，你那是什麼表情？覺得我們搞小圈圈，扔下你不高興嗎？」

素里參雜了足夠的玩笑成分，並且兼顧始源的心情與當下氣氛。

可是，始源的表情在那一刻變得更加僵硬！

「喔，不是那樣的！」

未來第一次看見始源有這種反應，感到慌張，素里的表情變得意味深長，未來看得出素里的表情寫著「第一句話該怎麼接才好呢」，她得在心底替素里加油才行。因為無論何時，要對方坦承說出心聲總是一件困難的事，而這種情況下，素里是最適合做這件事的人選。

三人之間短暫卻強烈的沉默流過。

「喂，韓始源……你今天有點……」

最後素里擠出了第一句話，始源的聲音卻匆忙地蓋過她。

「我！有事跟妳們商量。」

未來和素里聽了這句話，不約而同地瞪圓眼互看，然後一起轉向始源。

始源口乾舌燥地舔了舔嘴唇。

「啊，我還以為是什麼事……」

素里嘖嘖笑了一下。

「喂，事情沒那麼簡單……」

「既然你覺得沒那麼簡單，你更不應該一個人放在心裡，獨自不安吧？」

始源可能是把想說的話說完了，心情稍微平復後，和素里像平常一樣開玩笑說話。而未來一個人暫時呆住，失去言語。

就像素里說的，不是什麼大事。

只是，素里和始源的交往紀念日，和今年剛好是週末而稍微讓人高興一點的未來生日撞日罷了……不過是這樣而已……是啊，不過是這樣而已，所以要怎麼做呢？

這是未來最好奇的問題，不過，始源和素里的對話全然不是這種氣氛。想到「在這裡最不瀟灑的只有我啊」，未來有點意氣消沉。

這時素里說：

「我不在乎紀念日，那天你去慶祝未來生日吧。」

這是未來期待的情況，但不知為何，當未來聽見這句話，她改變了心意。

「那我太不好意思了。我也不太在意過不過生日。」

該怎麼說呢？就像還沒站上拳擊擂台就先被棄權處理的心情，未來甚至還沒決定要不要上擂台。沒有時間讓她決定，也許因為這樣，未來無法輕易地讓這件事就這樣拍板定案。始源陪我過生日，結果是只有素里變成成熟的人，換言之，只有我變成幼稚的人。

說不定以後回首會對現在自己說的話感到後悔，還不如厚著臉皮說：「這樣嗎？那我就謝了」會更好。可是，她的反應和自己最初始的想法不一致。她一開始最希望始源陪自己過生日。

未來忽然想到這是個不太好的訊號，因為那是言行不一的瞬間。

這時，始源說道：

「因為是第一次遇到這種事……我也不知道怎麼辦才好，一個人考慮了很久，可是也不能按我的心意決定，不只是我，這件事不該由一個人隨便決定，所以……」

「啊，說得對，是我太急了，未來，抱歉。」

「不會啦……」

多虧始源迅速整理好狀況與道歉，未來很快地重新穩住內心。

如此一來，真有點愧疚，剛才素里的話應該是真心話，不是為了凸顯自己才說。未來因為擔心而瞬間暴露出自己脆弱又卑鄙的內心，如實投射到素里的身上。

「嗯……也可以分成上午和下午。」

未來和素里聽到始源這麼說，自然而然地對上了眼，看得出兩人都嘗試讀出對方的心思。

「嗯……」

開口太難，未來不自知地嘆氣。

就像始源說的那樣，最簡單的方式就是把一天分成兩半，一人一半。這可能是最合理又最民主的方式。

可是，該怎麼說呢？就像所羅門在他出了名的法庭上作出的第一次判決一樣，總是會有讓人微妙地不舒服的地方。理性說得過去，可總無法爽快答應，好像會有什麼陷阱一樣。

顯然，未來和素里兩人在畫清界線，表現出自己並非用排他性的方式擁有始源。在這段時間一直維持得很好的三人的關係，瞬間變得薄弱，因此未來產生了排斥感。果然，我不喜歡那樣。

「嗯……」

「可是不管怎麼說……」

未來和素里的聲音同時蓋過對方，兩人再次四目相對。

素里向未來遞了個眼神，總是在始源和素里面前很害羞的未來，在這一刻卻毫不猶豫。

「我們……三個人一起過怎麼樣？」

這次輪到始源和素里對望。

未來看了兩人一眼，拿起面前的咖啡喝了一口。她這才發覺到自己的喉嚨乾燥如火燒，打從進入咖啡廳後，她一直惴惴不安的心情，總算變得舒服。

「哇，天氣真好……」

秋天的週末，今天既是未來的生日，也是素里和始源的交往紀念日，三人坐著素里的ＳＵＶ去仁川。「下次一起去兜風吧」這句話算是實現了。

前一晚，心亂如麻的未來久久無法入睡，「該怎麼坐呢？」但是隔天早上見到素里，素里說：「始源要幫我導航，所以得坐前面，請多多見諒。」在開車旅行中，司機的方便是首要的，所以未來很爽快地諒解了這件事。一切都非常自然。多虧如此，未來獨自占據了寬敞後座，也再次切身感受到，只要坦承、詳盡地進行對話，並不是每件事都這麼困難。當然，無論何時，要進行這種對話永遠都是最難的。

幾週前，咖啡廳。

未來一句話解決了最大的難題後，三人趁勢地解決剩下較簡單的問題。他們的下一個問題是：去哪裡？

與此同時，三人打開了入口網站展開了「哪裡好」的激烈爭論，過程中陸續出現坡州、金浦、江華島、水原和河南等候選城市，再一一排除不符合的條件，如三人都沒去過的地方、開車不會花太久的時間，有好吃餐廳的地方，最後自然而然地剩下仁川。

仁川中國城與月尾島遊樂園從很久以前就是知名人氣景點，經常上報章媒體，所以現在反而覺得退燒了。按理說，大部分的人在十多歲的時候，會跟著很「潮」的首爾朋友，會成群結夥搭地鐵一號線，去遙遠的仁川玩耍。不知為何，未來和始源沒有那樣的機會，而住在德國的素里，常常在韓國人寫的部落格上看見仁川，把它放入了「雖然不是現在，但總有一天想要去」清單中。

基於以上理由，當其中一人說出「仁川中國城？」的時候，三人一拍即合。與其說期待看見新奇的事物，感覺更近似進行回憶旅行，而這樣似乎更開心。雖說對從沒去過的地方產生了回憶旅行的感覺，有點怪，但真的就是這樣。

未來看著像是電腦桌布一樣偶爾飄過幾朵雲的藍天，還有離首爾越遠，變得越純樸的風景，感到心胸開闊。對不開車也沒有車的未來來說，坐車看著窗外好像是很遙遠的事。

汽車音響裡傳出音量適中又好聽的獨立流行樂，由此可聽出素里的音樂傾向，仔細想想，雖然車子的隱私性不比家大，但也是花了很長時間按個人方式整理的個人空間，素里爽快地邀請未來一起乘車，其實是很值得感激的事。

開車兜風大約一個多小時，三人在車裡沒有特別的對話。因為坐後座的未來和前座的兩人想聊天，還是得多花點心思，稍微提高音量才行（儘管如此，還是有可能因為汽車發出噪音和音樂聲，會有漏掉的內容）。因此，未來沒有刻意進行對話，猜想前座兩人應該也是差不多的想法。純屬猜想。

素里的車在不知不覺中慢慢地開進了月尾島停車場。

那天，未來拍了幾張照片。

在韓國移民史博物館看展覽的始源和素里的背影。

未來並不知道月尾島有這樣的博物館，是素里說：「很好奇那裡，我們去看看吧。」這麼一想，素里也是長時間住在德國的「移民」，素里的姑姑先去了德國，父母跟隨姑姑的腳步也去了德國當護理人員。最終而言，這間博物館無異於是和素里家人相關的地方。

在素里父母剛去德國的時候，當時種族歧視還很嚴重，所以他們度過了一段難熬的時光。素里說儘管自己是厭世主義者，現在的世界也還不完美，但從過去到現在的變化看來，她必須承認這個世界正在逐漸好轉。

聽著素里說的故事，未來不知不覺一一唸出了多年前搭船前往遙遠國度的乘船船客名單上的名字。

前往月尾島燈塔的路。

為了拍下大海、人群和海鷗，未來按下好幾次快門。

一路有介紹月尾島歷史的說明牌，看著月尾島的歷史，未來心中變得惆悵，但又看見了有著老派情懷的比基尼女性的招牌，惆悵被打散了不少。

她身旁傳來喀嚓聲，回頭一看，始源拿著手機露出燦笑。

燈塔上到處都是觀光客留下的塗鴉，未來在心裡思索著自己想留下的句子。

搭乘有名的月尾島遊樂設施「迪斯可砰砰」的人們

不知道是不是因為是週末，人潮洶湧，而把這麼多的遊樂設施都塞進同一個狹隘空間，也令人吃驚。

喜歡捉弄遊客的「迪斯可砰砰」DJ紅極一時，現在的DJ名實相副地繼續捉弄遊客中。還有，這裡也依然有很多十多歲的青少年來玩。從這些看來，仁川似乎不僅僅是回憶的地點。也許是世界變化得太快，使得未來只能把太多的事情當成回憶拋在腦後。

不過，三十多歲的未來和十多歲的未來一樣，仍然不想坐上迪斯可砰砰，變成萬眾矚目的焦點。她看了身旁的始源和素里，三人似乎想法一致。

恰好ＤＪ開了個玩笑，嚇唬著坐在迪斯可砰砰上的人，聽起來有點膽戰心驚，不過三人沉浸在月尾島獨有的氣氛中，不約而同地笑了。

在中國城火爐餅店，三人用吃了一半的三個餅乾杯的畫面。

未來平時就主張用火爐烤什麼都好吃，始源和素里一致贊成。老闆的臉上流露出經營多年老店的氣息，讓人心生信任，火爐餅燙，但美味。三人本想找出華麗的形容詞以表達這人間美味，結果突然展開了「形容詞大對決」。三人吃著吃著，想要紀念火爐餅的美味，於是把大家吃到一半的火爐餅擺在一起拍照。

在中國城最頂處拍下的三人自拍。

三人走在巷弄裡，兩旁出現的華麗餐廳彷彿會出現在中國武俠電影裡似的，剛好看見向上的階梯，於是順階梯而上，走了好一陣子，意外地走到了山上。未來從山上向下眺望，中國城和遠方的大海一覽無遺，那時恰好太陽西落時分。

三人彼此之間都有些距離，不過，一起感受夕陽情懷，吹著讓心情變得愉快的微風，未來突然說道：

「我們要不要一起拍張照？」

這是三人第一次合照。

咖啡廳裡的三塊蛋糕。

那天出遊的好處是，三人都有值得被恭喜的好事。

所以不會有人對他人抱有特別的期待，三個人都能平等地互相恭喜，也接受恭喜。這是未來有生以來第一次的經歷。說不定有同一天出生的雙胞胎兄弟姐妹的人，也能理解。

按事先的約定，三人走進了第一次去的咖啡廳，互相替對方買了慶祝蛋糕，各自美味地享用。

「恭喜。」

未來把始源的恭喜還給了他，聽見未來說恭喜的素里，又把恭喜還給了未來。

仁川國際機場大廳

這是不在計畫中的地點，是始源沒頭沒腦地提議，既然都來仁川了，要不要去機場一趟，三人才突然造訪機場。

時間雖晚，但還是有很多候機旅客，或是等待思念的人而踱來踱去或坐著的人。

始源說很久沒去國外旅遊，很惋惜，很想要感受出國的激動心情。

未來喜歡機場的理由和始源差不多。

可是，素里沒這麼喜歡機場。因為她在機場的離別記憶更多。

在這段時間裡，三人就像姊妹淘一樣嘰嘰喳喳聊不停，保持著不遠不近的距離。

始源和素里走路的時候一直沒牽手，始源和未來也一樣。

牽手本來是表示親密的事，不過在以異性戀為前提，獨占式戀愛為中心的社會裡，有時牽手會很討厭地被用來當成「這個人有主人」的表現。

不然就把始源放在中間，一人牽一邊？從結果上來看，這是最能直觀說明三人關係的畫面，不是嗎？以後再想看見這種情景的路人會作何感想吧。

果然還是不太清楚怎麼做才好。那麼，當始源想要牽手的時候，他會怎麼做？「牽住」某人的手的行為，必然伴隨著對方的「被牽住」，反之亦然。

果然，與其素里和我各從一邊抓住始源僅有的兩隻手，像這樣保持適當距離，不近又不會太遠，並肩同行最適合現在的我們。今天一整天，一直都是如此。

和某人一起度過特別的日子，通常是因為那個人是特別的人，不過有時候，會因為一起度過了特別的日子後，才成為特別的人。

過去素里和未來見過幾次面，也聊過天，不過今天是第一次相處這麼久。未來越來越能感覺到，自己喜歡的始源的模樣，不正是他與素里交往後所創造出來的他嗎？那麼，獨占沒那麼帥氣的始源，和與素里一起分享更帥氣的始源，究竟哪一個更好呢？

回家後，暫時陷入無聊想法的未來，滑開手機相簿，想重看那天的照片。

在送走始源之後，未來才一一看了大家發來的生日快樂訊息和電子禮券。

多貞和荷娜也發來了生日快樂訊息，而在不久之前，她們問過未來有什麼生日計畫，未來坦白告知，兩人樂得半死，也覺得非常神奇。當未來回訊說已經回到家，雖然時間很晚了，兩人還是馬上已讀並回訊。

「好玩嗎？沒有發生什麼事嗎？」

不出所料，荷娜和多貞期待「有什麼事吧」的語氣逗笑了未來。

「嗯，玩得很開心，該怎麼形容這種感覺呢？就像和好朋友出門玩，男友也一起去了，所以有點心動？」

「妳跟妳男友的女友合拍嗎？」

「之前見過幾次了，沒有合不合拍，大概是因為大家都是懂人情世故的成年人……妳們很煩耶，真的很有趣啦，很有趣！」

「雖然是跟男朋友的女朋友去近郊玩耍，但因為大家都是懂人情事故的成年人……哇，真的很有趣！很有趣！」

「喂，不過她真是個衣架子，好羨慕……」

「妳要說的就這些？」

「不然還要怎樣。」

「應該要問一下哪裡買的啊。」

「算了啦，每個人適合的時尚都不一樣……」

未來像平時一樣和朋友說笑，忽然覺得今天的一切就像謊言。

「總之，妳度過了一個難忘的生日呢。」

荷娜的這句話讓未來想起往年的生日——更像謊言，未來很快地回到了現實。

未來回想起，去年生日那一天和秀浩度過了典型的情侶約會。

那天是平日，未來配合秀浩的下班時間，等他下班後一起去不錯的餐廳吃飯，收到生日禮物（Feat. 花束），預約下個週末的旅館度假。

當時秀浩用甜蜜的聲音說：「明年生日也一起這樣過吧。」現在事情變成這樣，世事真的很難料。

「明年未來會過什麼樣的生日呢？不覺得現在已經很期待了嗎？」

未來躺在床上準備就寢，望著荷娜發來的訊息許久。

對未來來說，那也是她無比好奇的事。

12 謊言，相同時間

壞事總是出其不意到來。

涼爽的秋日天氣，逐漸變冷的某個週一。

未來邊想著「穿風衣果然是對的」邊下了公共自行車，走向「所有人的辦公室」。因為始源還沒回她早上的訊息，所以未來希望自己能好運地直接遇到始源。當然始源有可能因為在忙而沒回，可是，未來心裡就是無緣無故地擔心，畢竟早上互傳訊息是幾個月以來沒變過的，屬於未來和始源的晨間例行公事。

未來用始源給的卡片鑰匙開門後，走入休息室，感覺到一股微妙的騷動氣氛。未來看見熟悉的臉孔走進走出，再看向用玻璃牆隔起的會議室，看見始源和同事們嚴肅地在說話。首先既然已經確認始源沒事，有問題之後問就行了，是以未來待在自己的辦公室處理積壓的公事。

直到聽見那句話。

「未來，妳看到那篇貼文了嗎？」

是隔壁辦公室的瑟琪。

「嗯？什麼……？」

瑟琪就像早就在等未來反問一樣，迫不及待地把自己的手機遞給未來，讓她看了截圖。

「『所有人的辦公室』麻浦店某韓姓經理的作為，大家評評理。他有女友，卻同時和其他女人交往，並拿開放式關係對人進行煤氣燈操縱，合理化自己腳踏兩條船的行徑，這是剝削女性……」

未來無法一次讀完那篇文章，只覺得每個字在眼前跳動。發文者誇張的語氣和刺激性的詞語都帶著明顯的惡意。

未來甚至忘了手上的是瑟琪的手機，緊抓許久。

「這是……什麼？」

「昨天有人到所有人辦公室應用程式裡頭的留言板上傳的。那時候很晚了，我每次無聊都會進去看一下，所以看到了……昨天是假日，管理員可能沒看到吧，今天早上文章還留在上面，麻浦店經理姓韓的……只有始源。天啊。」

「怎麼可能，始源怎麼可能做那種事，沒憑沒據的，這是單方面的誣陷。」

未來的腦子裡是這樣回答的，但就是開不了口。

我該怎麼辦才好？

我該挺身而出嗎？我不該挺身而出嗎？

這篇文章是誰寫的，他的目的又是什麼？

無數的問號像子彈一樣瞬間射入未來的心中，卻找不出任何一個答案。

「哎呦，妳打擊很大呢……妳和始源滿熟的，對吧。你們常常一起吃飯。」

瑟琪的最後一句話微妙地讓我在意。

雖然我有自信不被發現，但人們果然都看在眼裡。

瑟琪是在試探我嗎？還是她的腦海裡早就勾勒了所有的故事？她是不是把我看成被渣男騙了的可憐女人？

是誰，辦公室的人看到了嗎？

始源和素里來辦公室玩的那天，來幫忙工作，喝啤酒的那天？還是在這附近的咖啡廳聽見三個人的對話？

還是有人在仁川看到我們？

難道，那個人是瑟琪嗎？

突如其來的惡意使未來的警戒心達到極點。

還有，心中那股揮之不去的恐懼。

在那篇文章中真的沒提到我的名字嗎？就算不是全名，會不會有一點暗示呢」？（無論是什麼理由）和有女友的男人交往的事實，大家很快就會知道了吧？

那麼我……該怎麼辦？

在始源深陷困境的情況下，未來對只在意自己安危的狹隘心胸的自己，感到失望，但這是沒辦法的事。告訴荷娜和多貞那樣的好朋友需要勇氣，但還在可承受範圍裡。可是，未來既沒有足夠的時間，要求不特定多數人理解開放式關係的特殊性，也不打算說明這件事，更不想因為薄弱的「真相」就被獵巫。未來腦海中出現了過去看過的充滿攻擊性的採訪報導、露骨的留言。想像那些言論箭矢朝自己射來的瞬間，未來只能緊閉上眼。

和未來的胡亂擔憂不同，經過對話後，瑟琪確定自己幾乎是在那篇文章被刪除前，唯一看過的使用者。她只是好奇這個八卦而已。通過ＩＰ位址追蹤可以更快、更準確地確認發文者的身分，不過，現在無法進行有條理的推測，也沒有能確認發文者身分的證據。未來想了想，「所有人的辦公室」應用程式是封閉的，只有註冊過的使用者才能使用裡頭的留言板，於是問了瑟琪發文者的帳號，瑟琪再次秀出截圖，「admin」，也就是管理員的帳號。即有人為了發這篇文章，不惜駭了應用程式。

瑟琪也把截圖文章給平常會問候的幾個使用者看，不斷地重複說明事件來龍去脈，而未來呆在原地，許久沒有動作。她看著在會議室裡與同事們說話的始源，心情複雜。

突然地，一個念頭閃過未來的腦海。

未來回到辦公室，關上門，點開手機的通話黑名單，找好一陣子後按下撥出鍵。她靜靜地聽著手機答鈴，儘管她不是吸菸人士，但她在想這可能就是「想抽根事後菸」的心情吧。

「喂？」

未來還想著現在是上班時間，對方不知道會不會接，但對方馬上就接了。

「喂，鄭秀浩。」

「……喔？未來？」

秀浩的聲音之所以顫抖有很多種可能。回顧過去的對話，最大的可能是，秀浩知道自己已經被未來列入黑名單，卻接到意外來電而驚訝。但此時此刻，未來的腦海中只能把他驚訝的原因列入支持自己假設的根據。

未來稍微調整呼吸。

「那篇文章……是你發的嗎？」

「什麼？什麼文章？」

秀浩回問。未來打從一開始就沒期望他承認。這是很正常的。未來的腦海因為無限可能性變得更加複雜。我和秀浩交往的時候，他是怎樣的人？他很會撒謊嗎？撒謊的時候有沒有慣有的行為模式？可是太久沒見了，很難光用手機裡聽見的聲音下判斷。

「未來，妳出了什麼事嗎？」

秀浩的問題，讓未來不知不覺間變得更加尖銳，說道：

「誰需要你的擔心，回答我的問題。真的不是你？反正一下就會查出來了，他們說要追蹤ＩＰ。」

未來利用明確威脅對方的意志，在這段對話裡添加了一些誇張性。

「我不知道妳在說什麼，從這點就足以證明不關我的事吧。這幾天我除了在我的社群網站上發文，沒去其他網站發文過。」

秀浩的聲音很平靜。

「你說的是真的？」

「嗯……妳沒得到妳想聽的答案，可能會很失望，但真的不是我。我也知道妳不信我，但希望妳能相信一次。」

「……」

未來的話瞬間被堵住了。胸口太悶了。因為在秀浩果斷說「不是我」的話語前，未來提不出任何反駁他的證據。

想著過去交往的秀浩，未來想相信不是他。可是不過幾個禮拜前，秀浩做出了未來難以置信的荒謬舉動，跑到未來家門口等她。

如果是那個等在家門口的秀浩，就有可能做出這種事。他有著充分的「犯罪動機」。

可是，未來不認為持續進攻是好方法，因此，暫時調勻呼吸道：

「好……我先相信你。」

兩人沉默片刻。

不久後，秀浩開口問：

「是跟那個人有關的事嗎？上次在妳家門口遇到的……」

未來全身上下因秀浩的那句話變得緊繃。

「你怎麼知道？」

在未來壓低聲音吐出的這句話後頭，大致省略以下句子：

是啊，所以現在快點承認，承認那是你幹的。

可是秀浩平靜答道：

「不管怎麼想，我覺得妳打給我就是為了這個原因。」

「……我好像沒有義務回答你。」

未來知道這樣回答的瞬間，等於回答了秀浩的問題，但也無可奈何。

「那天突然去找妳，我真的很抱歉。時間過去，我回頭想一想，覺得有點難為情。老實說，我還是搞不太懂開放式關係……但我希望妳能過得好。」

「……就算你不擔心我，我也會過得很好。」

未來嘴裡再次說出尖銳的話語，現在想聽的不是這個，是別的，未來越來越討厭一直說廢話的秀浩。

「所以說，以後也像現在這樣好好過。」

可是，秀浩給的答案卻出乎意料。

「……什麼？」

「那時候聽到妳要談開放式關係……老實說，我很生氣。我全力做到最好，全心全意對妳好，我真的很努力好好表現，但是為什麼妳不接受我，卻接受別人，這讓我很生氣，所以我才那樣做。我藉口說是為了妳，其實，我是氣自己的努力沒得到回報……」

「喔……」

「哪怕是現在，我也很高興能說出口。」

「……嗯。」

「不管怎樣，很抱歉沒幫上忙，雖然不清楚是什麼事，希望事情順利解決。」

這句話結束了未來和秀浩的通話。

未來長嘆一口氣，摸著額頭。

然後，冷靜地回想通話內容。

和她打去的目的相反，她聽見了意料之外的話，如果要說是收獲，也是一種收穫，但另一方面更令人懷疑。難道秀浩不是想用好聽話打消她的懷疑嗎？

未來也想相信，在那次不美好的見面後，秀浩也反覆思考過，希望自己未來能變成更好的人。可是，在始源現在面臨的殘酷情況之前，這種樂觀似乎是種奢侈。

說到底，未來仍舊懷疑秀浩。

如果可以的話，她不惜動用一切手段駭進秀浩的手機，可是她怨恨自己沒有那種高超的駭客技術。她也很想立刻衝去秀浩的公司，進行一切拷問以查明真相。她應該要逼秀浩吐出真相，卻被秀浩帶亂了陣腳，糊裡糊塗地掛斷電話。未來對這樣的自己感到失望，這一切好像都是自己的錯。

因為暴走的想法，未來的呼吸變得急促。當她正暫時深呼吸時，始源發來了訊息：

「今天工作結束後見面聊聊。」

未來不知道是怎麼度過這一天，久違地坐公車到市區。始源發的咖啡廳地址不是平常見面的辦公室附近咖啡廳。不管怎樣，發生了這種事，未來理解始源為什麼這麼做。

未來坐了約二十分鐘的公車，又走了約十分鐘，到了一個有許多獨立咖啡廳的地方。在這種地方難得見到的一家四層樓高的大型咖啡廳，讓未來更加緊張了。

未來按收到的訊息，上了三樓張望一下，立刻看見熟悉的身影。是始源，和素里。

未來事先聽說素里也會一起來，所以並沒特別驚慌。始源發生了這種事，素里也是當事人之一，來也是理所當然的。反而讓未來吃驚的是，這裡是始源和素里第一次見面的咖啡廳。

「你以前在這麼大的咖啡廳當經理？」

「喔，當然不是只有我一個人，還有其他幾個人。」

「哇，就算是這樣……好了不起。」

多虧如此，氣氛暫時變好了。
「剛才在辦公室……妳也嚇到了吧？」
「啊，嗯嗯……是的。」
可是，還是不能不聊今天集合的原因。
「除了瑟琪之外，還有幾個看到文章的成員，所以也來問了。其他經理都很慌張……」
「我想也是……」
「可是……不覺得很可笑嗎？在那個人寫的文章裡，就算大家想要追究煤氣燈操縱的真假也就算了。除了這部分，冷靜來說，腳踏兩條船又不是犯罪？為什麼要向公司告發？我不懂韓國人的邏輯。」
素里有點激動，但還是努力地壓低聲音說。果然這件事對每個人都造成了影響。朝著不好方向的影響。
「因為這裡是韓國……結果，還是回報了總公司。我對同事們很抱歉……」
「真是的，這算什麼，為什麼要回報？」
「所以我剛才和人事組組長進行面談……我一五一十地告訴他，儘管開放式關係是真的，可是是在所有人的同意下進行的，我沒有欺騙或傷害任何人。」

「他相信嗎？」

「他說暫時……信了。」

「那然後呢，他打算怎麼做？」

「他說因私生活懲罰我也很奇怪，結論是等事情淡掉吧，如果我需要休假，他可以放我幾天假。」

「也好，事情應該會就這樣過去吧……」

未來聽見始源的話，從早上就鬱悶沉重的心情，好像稍微輕鬆了一些。但這不過是暫時的。在工作上沒有造成更大的損失或更嚴重的後果，是不幸中的大幸。可是，現在大家都戴著有色眼鏡看始源，不管怎麼做，都無法回到發生這件事之前的時候了。

「在這種情況下，我不知道適不適合用這種說法，不知道是誰讓始源『被出櫃』了？」

「是的，真的太差勁了……你還好嗎？始源。」

「說我沒事是騙人的……但能怎麼辦呢？過段時間就會好起來的。」

「這麼說來，未來妳沒關係嗎？有沒有人看出來？」

「好像沒人覺得我和始源在交往……可是，很多人都知道我們兩個常常一起吃飯，同進同出。好像什麼都沒看到，也好像什麼都看到了。」

「原來如此……那就好，我沒辦法做什麼……但如果因為這件事造成妳的麻煩，我真的會很難過。」

始源的眼眶略紅，很快又恢復正常。

在未來擔心自己的身分有可能會曝光的時候，處於困境的始源竟然擔心自己。未來有點抱歉，也很感謝。

「到底是誰幹的好事？」

素里用不忍又傷心的表情看著始源，氣惱地說。

未來苦惱了一下，小心翼翼地開口道：

「我心中有個人選……始源應該知道我說的是誰。他否認了，但我的推測說不定是對的……我不知道該怎麼做才好。」

未來說了這幾句話，不自覺地流淚。

嚇到的始源從旁抱住未來的肩膀，素里似乎非常好奇，未來哽咽地說明：

「不久前……我前男友找來我家門口。他知道我要談開放式關係，來阻止我，始源當時剛好在場幫了我。我今天打給他，他一副不知情的樣子……說上次跑來找我非常不好意思……我也搞不懂了，我在想他是不是想洗刷嫌疑才刻意那樣說……」

「原來如此……妳一定也很難受。」

「不要這麼說，始源……」

「那麼，那個人也是可能人選之一。」

素里低嘆道。

「什麼……？」

當未來稍微平靜下來，素里也用悲傷的表情開了口道：

「我原本就在想有哪些人會做出這種事，問題是太多了，有可能是始源的前女友，也有可能是和我短暫交往，分手撕破臉的人……大部分的人都對我們這種人很反感，不是嗎？在某人知道開放式關係的瞬間，就像抓住了我們一個很大的弱點，我們得一直承受著這個危險活下去……所以說，我也想不透是誰。」

啊……未來啞口。

太多了、很大的弱點，承受危險。

只有素里說出的詞語清晰地留在未來的腦海裡。

始源故意用樂觀的語氣說：

「公司內部ＩＴ組說會全力以赴……不知道他們找不找得出那個人。我要不要乾脆告他名譽毀損？還是把他交給網路搜查隊？」

「哈，你能承受嗎？那麼一來，我們又得向律師、警察和所有人解釋我們之間的關係才行。」

「……果然太勉強了吧？」

始源苦澀笑道。未來心疼他那個樣子。

「我們只能單方面地承受這些……」

「就是說啊，有夠冤的……可是大部分的人知道整件事的來龍去脈後，應該只會說我們『自作孽不可活』吧？對吧？」

「……應該吧。」

「除了私生活比較特別之外，我們不過是盡忠職守，乖乖繳稅，腳踏實地地生活的人……」

「我想盡可能對人坦承。這又不是壞事，不是嗎？可是像這樣子有人暗算的時候，我又會很氣餒。我真的不想這麼想，但結果這成了我的弱點。雖然不知道始作俑者是誰，但我想他應該想讓我社死吧？幸好釀成的後果沒那麼嚴重，但打擊仍然不輕，這是事實……這種時候真的……有點累。」

始源疲憊地壓低身體，把臉埋進大手裡。

那不算過於戲劇性的動作，但這是未來第一次見到，一直都很正直處世的始源內心慢慢地動搖與倒塌的模樣。

在這種情況下，唯一值得慶幸的是，始源在這一刻不是一個人。在這瞬間最了解始源的絕望與挫折的素里在他身旁，還有除了陪在他身旁——不知道還能做什麼的未來也在。

另一方面，未來也真切地感受到，這不是一件容易的事。談開放式關係需要極大的勇氣和犧牲。人們很容易替超越社會標準，追求自由的事情，貼上「自私」、「是神經病」之類的標籤。

儘管可以對同輩人，或是合得來的朋友坦承一切，但……比方說，對媽媽呢？未來能不能坦率地告訴媽媽這段開放式關係，還有對始源的感覺呢？

以媽媽那一代的人的標準來看，曾說出「如果妳不想結婚又能怎樣呢，那就一個人努力地好好生活吧」的媽媽，已經夠開明，但要是未來要求媽媽也理解這段開放式關係的話，媽媽會作何反應呢？

當然，天下無難事，只怕有心人，未來可以花很長的時間，用人生證明與說服媽媽。再說了，也有進行開放式關係的人獲得周遭人的理解和祝福好好地生活著。但這仍舊是不容易的事。每個人都能預測到這是件很困難的事。開放式關係和整個宇宙都支持並鼓勵的以異性戀為前提的獨占式戀愛，正好相反。因此，用不明確的態度絕對無法辦到的現實感，瞬間湧上未來全身。今天發生在始源身上的事，有朝一日也會發生在未來身上。

就在大家都難以開口的時候，素里說道：

「不管好事或壞事，總之，一次來也好……」

始源和未來同時抬頭看著素里。

「那是什麼意思？」

「就是……嗯，先放輕鬆，隨便聽聽。法蘭克福總公司有了缺，公司那邊問我想不想去。」

想都沒想到的話。未來不好說什麼，只是安靜聽著。

始源不知不覺地挺直坐起，問道：

「什麼？所以呢？」

「我沒義務馬上回答，我只說我會考慮。」

「妳要去嗎？妳想去嗎？」

「我以前就告訴過你……這是我等很久的缺，我當然想去。」

聽見素里的那句話，好不容易收回始源眼裡的淚水，似乎又要流出來了。

「如果妳決定……那麼……那麼就去，但一定要現在，要這次去嗎？」

就一個今天受到重大打擊的人來說，算是相當理性的回答，未來暗暗感嘆著。

素里答道：

「所以，始源，如果你不介意，和我一起走吧。聽說公司會配宿舍，你和我一起生活就行了，不要在那種有心計的人在的地方承受壓力。我們一起走吧。」

始源和未來好陣子合不攏嘴。

「……我去那邊要做什麼工作？」

「你是一個非常優秀的咖啡師，從那件事做起不就行了？」

「那未來呢？」

這時素里和未來的視線對上了，素里道：

「那件事，應該由你們兩個決定……不是我能插嘴的。」

那一瞬間，未來的心情就像同時爆笑和爆淚一樣，情況竟然變這樣了。用一句話總結：「我被捲入了感覺自我良好的人的遊戲裡嗎？」

但是，未來從近距離看見的素里絕對不是那樣的人，理性思考的話，變這樣也很正常，可是……可是……

「好……很難現在下決定，我慢慢地考慮，公司要妳最晚什麼時候答覆？」

「頂多一個禮拜？」

「知道了……」

「我覺得這件事得在未來在場的時候說，要不是今天這個場合，就得另外找機會說……剛才才聊了那種事，我卻提出去德國的事，真的對你們很抱歉。」

「不會……因為事情就是變成這樣了……」

未來努力從乾燥的喉嚨擠出話回答，然後想著。

始源最終會不會接受素里的提議呢？

兩個人會不會就這樣離開呢？

無論如何，那個畫面更容易描繪得出來，而且在想像中，兩人在德國的模樣也很自然。

就像素里所說，始源去那邊也能找到工作。

「那未來呢？」

始源的這句話留在未來心底。

仔細想想，未來在這種情況下一定也有自己想要的，如果像平時一樣，三個人大可放下行事曆，輕鬆地討論，但現在不能這樣了。如果我所期望的事無法實現的話，那麼還是主動地早早做好離開的準備，是不是更好呢？

能走到這裡，已經夠愉快，也夠有意義了，不是嗎？

在始源身上發生的事，或許是在警告未來妳想嘗試的已經試夠了？

各種想法，在未來的腦海裡久久縈繞。

13 獨自又一起的人們

約一個月後，某個悠閒的週日上午。

未來穿上厚重的冬天大衣，前往仁川國際機場。

未來很久沒坐機場快線了，雖然不久前才來過機場，但那時候不是坐快線，是坐著素里的車。和始源與素里一起。

今天未來在送別他們的路上。

就在這時，未來手腕上的手錶滴滴一聲，她拿起手機一看，是瑟琪。

「未來，妳正在去機場的路上嗎？一路順風……也轉告始源。」

在始源的留言板事件發生幾個禮拜後，「所有人的辦公室」ＩＴ組發來的郵件結論是「非常遺憾，沒找到犯人」。

始源、未來和素里三人本就不抱太大期待，很快就擺脫失望的情緒。然而，幾天後，在意外的地方出現了意外的線索。

是瑟琪發給始源的郵件。

內容提到瑟琪覺得隔壁辦公室，穿著大學系外套的開發組人員很可疑。她覺得那間辦公室的人常常偷聽別人的對話，偷看別人的辦公室，讓她感到很不自在。因此，瑟琪和周遭的人聊過，發現幾個月前有人有類似的經驗。瑟琪聯想到留言板的事，深思熟慮後，發郵件請始源低調地打聽看看。

從那之後，事情進展很順利。

始源把這件事告訴另一位覺得他很衰的同事，那位同事在和那間辦公室的人約談的時候，動了點歪招。「我們已經收到IP位址追蹤結果」，不知道是不是因為戰略準確命中的關係，同事最後拿到了口供。

犯人是一名男組員，平常幾乎沒有存在感，時常在辦公室待到很晚才走。

男組員自承對未來有好感，而這是平常沒打過招呼，未來也不知道的事實。男組員最早發現了始源和素里之間不尋常的氣流，有時打發時間的時候，會尾隨兩人。某一天，他發現未來和始源正在交往，感到憤怒，認為始源用開放式關係當藉口腳踏兩條船，是大錯特錯，應該公諸於世才對。男組員大聲說自己什麼都沒做錯，錯的人反而是始源，怎麼可以不懲罰那種人，還留始源繼續工作，說對

「所有人的辦公室」非常失望。

始源的同事面對那樣的他，說：

「夠了，你馬上離開這裡！」

機場快線一抵達仁川第一航廈，下車人潮湧往兩側。

未來眼角餘光瞥著那些拖著大行李箱的人，一方面覺得自己能不受行李的困擾，大步大步走，很是輕鬆，一方面又想到自己不會去任何地方，很快地就得坐返程快線，也感到苦澀。

其實，如果未來想離開，也有可以離開的機會。

因為當始源煩惱的時候，素里問過未來要不要一起去德國。素里說儘管未來現在需要上下班，實際上是名自由工作者，一起去挑戰新環境怎樣呢？素里表示自己能幫未來。

後來，未來把這件事告訴了荷娜與多貞，兩人立刻表示：「瘋了嗎？她真的把妳當成跟班嗎？」但未來無法輕易這麼想。

對素里來說，她想提供煩惱的始源別的選項，而對未來，能對未來好的，她也會去做。至於素里自己，已經習慣了在不同國家生活，再者，她已經習慣了談開放式戀愛，也很清楚這件事在韓國不容易。因此，她為了始源和未來，提出了自己能提出的最佳建議。未來是這麼想的。

過去有一段時間，人人喊著「逃出地獄朝鮮」，所以，假如未來真的把人生根據地搬往歐洲，仍然是一件好事。未來也羨慕過早早就移民國外的朋友。因為不僅僅是單純的戀愛，很多時候，許多在韓國被視為理所當然的事，都讓未來感到不自在。儘管倉促，但說不定這真的是一個新機會，未來能在新的文化圈重新開始，遇見更多的可能性。

但未來最後拒絕了那個提議。

最大的原因是，在改變生活的那一刻，未來一定會比現在更依賴兩人。

未來和始源交往，偶爾和素里見面，這對未來而言，都是很愉快的事，但這不代表她減少了和住在遠處的媽媽通電話的次數，和荷娜與多貞這些朋友見面的時間，還有和自己相處的時間比重。

要是忽然和始源與素里去了德國，未來不確定自己要花多少時間，才能重新建立起生活，在那段期間，她肯定會全然地依賴他們兩人，如此一來，她覺得會比現在的狀況更辛苦。

總有一天要出國的欲望，以及，如果可能的話，想跟兩人維持關係的欲望，顯然，兩種欲望都存在於未來體內，但當它們能同時實現的機會到來時，反而無法成為欣然接受的選項，這讓未來感到很諷刺。

不管怎樣，這段關係對素里與未來，的確有著不同的意義。

如果說未來認為這段關係最好的地方在於，她可以邊喜歡一個人，邊進行自己所需要的約會，守護好自己的位置；對素里來說，這段關係最重要的地方在於，深厚的信任關係，素里和能接受她的一切、也願意接受她對新的人的欲望與好奇心的人在一起。就像素里所說的，人與人在交往過程中所累積的情感紐帶與特別的關係，是在任何地方都找不到的，所以，為了確保她在想走的時候，能瀟灑走人，她才開始了開放式關係。而那樣的素里現在甚至向始源提議一起離開，還連帶問了始源的另一個女友未來。這是在她和始源剛開始交往時，絕對想不到的情況。

未來清楚自己和始源更晚認識，一起度過的回憶和時間也較短，但她努力不把自己和素里比較。因為在她清楚了開放式關係的特性之後，她努力調整著自己希望成為某人「最」重要的存在的欲望。因為未來維持這段關係的秘訣就是，與其爭奪那唯一的位置，不如享受當下感受到的親密感。

可是在素里突然決定前往德國之後，始源面臨必須在素里和未來之間作出選擇。未來只能這麼想，要是像現在一樣，三個人都住在首爾，始源就沒必要選出兩人之中更愛哪一個人，但如果始源得決定要不要跟素里遠行，就必須要作出選擇的依據，要找出那個依據，自然而然就會比較他對素里與未來的感情深淺。

這對未來來說，的確有點冤。她因為完全意料不到，也無從介入的原因，被置身到這種情況裡。

還有，講真的，她很想逃跑，在始源作出決定之前，優雅地退場更好。這不是因為她對始源沒感情了，而是因為她對始源的感情太深了。

但是，未來無從逃避，準確來說，她沒有逃避的必要。

因為那是，始源的選擇。

「喔，妳來了。」

未來走向始源告知的航空公司櫃檯前，剛辦完手續的始源和素里輕鬆地揮手，插在護照裡的登機證在手中晃動著。

「謝謝妳休假還特地來送行。」

「當然的，會有一段時間見不到面。」

「未來是來送我的，對吧？」

未來和始源靜靜地對上視線，一旁的素里調皮說道。

「沒錯，素里妳……聽說花了好幾天準備出國，妳幾乎沒休息。昨晚睡得好嗎？」

「上飛機再盡情睡就好了。」

「心情怎樣？」

「丟下辣炒年糕跟冷麵，有點遺憾，不過沒關係，我只是回到我原來的地方。」

未來看著素里的臉，和她的話一樣，她的神色看起來非常平靜。

「是不是要到登機時間了？」

「真的呢，得進去了。」

那一刻，空氣變得尷尬，就連未來和素里第一次相遇時都沒這麼尷尬。始源偷偷地觀察兩人臉色，素里先開口道：

「未來，我們是朋友，對吧？」

聽到這句話，未來燦爛笑答：

「當然。」

「在離開韓國之前，能認識妳這樣的人，對我來說意義重大。」

「對我來說，妳也很特別。」

「我們還會再見面……」

「當然！」

未來元氣充沛地連喊兩次「當然」，讓素里的眼眶微妙地變得濕潤，自然而然地擁抱了未來。沒錯，是歐洲人慣用的Hug！Hug！未來自然地輕拍素里的背。

「在我們下次見面之前……好好保重。」

素里說著，向始源遞了個眼神，表現出對始源和未來的關懷，先離去了。始源向素里點點頭，然後站在了未來面前。

兩人沉默片刻，相互對望，很久沒有過只屬於兩人的時間了。實際上，自從發生了那件事，未來不知道時間是怎麼過去的。

「我走了。」

始源道。

未來慢慢地點頭，笑著。

約莫兩週前，始源約未來到家裡吃飯的時候，直覺告訴未來：「那天終於來了。」

始源要說出自己的決定了吧，他可能會說，自己要跟素里一起走。

在聽說始源和素里幾乎每天見面，一起考慮出國的事時，未來也無數次地苦惱著「乾脆我先提分手吧」。

可是從某一刻開始，未來覺得這樣做，不是對一直以來全力以赴的自己，還有對這段關係的禮貌。如果始源說要離開，那麼未來就接受他的決定吧。三十五年來，身經百戰，事到如今怕什麼被提分手。

實際上，也許這是在交往初期，未來最害怕的事。要是草草地結束這段關係，未來會產生被始源和素里利用的感覺（明明是自己作出的選擇！）。

但是，現在已經過了那個階段，所以，未來只能全盤接受一切。就像素里、始源和未來彼此接受真實的對方一樣，未來必須誠實地接受這段關係所帶來的每一種情緒。無論結局如何，一切都有其意義。未來努力地這樣想，多次下定了決心。

另一方面，未來也抱著僥倖的心態，想像自己和去了德國的始源談遠距離戀愛，繼續維持開放式關係。因為除了時差之外，最近大家隨時都能透過聊天軟體和視訊聯絡，但是……

即便如此，戀人無法直接見面，一起度過時間，碰觸到對方的身體，終難避免遺憾。還有，始源還有另一個女友素里在那裡，在這頭談遠距離「戀愛」有什麼意義呢？

這樣想下來，未來能和始源繼續下去的機率，微乎其微。

得慢慢地準備結束關係了。

這句話的意思是，未來人生中第一次短暫經歷的開放式關係，將要結束了。未來還能再次建立這種關係嗎？還會遇到這樣的人嗎？很多人在分手的時候會覺得日後再也遇不到這樣的人，可是，未來想大喊說「這次是真的」。

因為在未來、始源與素里三人一起建立的安全區之外，「開放式關係」仍不被大眾所理解，且一旦被有心人士發現，隨時都會變成弱點，一夜之間，變得人盡皆知。

那麼未來應該怎麼做才好？在沒有始源和素里的地方，自己留下來嘗試開放式關係嗎？還是回到將就的戀愛中？

未來因為這些想法難以入眠，決定穿上比任何時候都要亮眼的黃色毛衣去始源家。她也不知道自己為什麼要這樣，就是，希望能少傷心一點。

隔天，未來和始源面對面坐著，中間隔著始源親自做的肉丸義大利麵與葡萄酒。話題總是微妙地中斷，未來拚命地尋找輕鬆的話題，最後，是始源開了口道：

「未來，妳應該猜到了，我今天約妳來是因為……我有話要說。」

吃著肉丸的未來險些因為這句話噎住。她克服危機後，勉力笑答：

「是的。」

「我……今天買了機票。」

「喔？啊～這樣啊，你……決定要去了。」

「是的，不過是來回機票。」

「喔……開口機票嗎？也對，我朋友說過買來回機票比買單程機票便宜。」

未來下意識地飛快回答，無論如何都想做出反應，始源忽然笑著打斷：

「不是那樣的。」

「什麼？」

「我過去十天左右就回來，素里和她爸媽住在不同地區……她說希望有人一開始能幫忙她搬家，還有處理大大小小的瑣事。」

「……什麼？」

「我不去德國，我決定留在首爾。」

未來差點又要再說一次「什麼？」。

她連忙閉上嘴，回想自己剛才聽見的話。

始源說……他不去？他決定留在這裡……？始源選的不是素里……是我？

未來知道這種反應很不成熟，但無法控制自己流露出喜悅。未來沒這麼想過，不，是根本沒想過有這種可能，難道，我，贏了……？未來努力壓抑要露出的笑容，卻被始源發現。兩人一起傻笑了一會兒。

「為什麼笑成那樣？」

「說真的……我沒預料過會是這樣。我覺得你當然會去，我也不想談遠距離戀愛，所以，我以為我和你……應該會分手……我是這樣想的。」

「妳做好分手的心理準備了？」

「……是的，這也是沒辦法的。」

「哈哈，對不起。我知道妳很不安，心情也不好，可是礙於情況，眼下決定的時間太短了……要是我能和妳多聊聊會更好，我卻沒做到這件事。」

「我能理解。」

始源小心翼翼地把手伸到餐桌上，握住未來的手。

未來撫摸著現在已經熟悉的，始源細長又漂亮的手指頭，緩緩地抹去過去幾天自己想像的，沒有始源的一個月後，幾個月後，下一個季節到來的時候。然後，又重新填滿了兩人在一起的模樣。

沒必要分手。起碼現在還沒必要。

未來切實地感受到這個事實，不自覺地鬆口氣，險些就要落淚。

「素里……說沒關係嗎？」

或許未來這個問題有炫耀自己從容的嫌疑，不過她的確擔心素里。因為素里是希望始源能一起走，才提出一起去德國的建議。

「她說沒關係，我們聊得夠多了。我們的愛情是不會變的，可是，我的人生方向也很重要，素里不可能不理解這一點。」

未來原本以為始源面臨的選擇是在素里和自己之間二選一，過了一陣子才發現，這是她個人的想法。

就像素里一樣，對始源來說，他與素里的關係非常重要是事實，可是有比這個更重要的事，那就是始源自己。在哪裡生活，是每個人人生中最重要的問題之一。

按始源所說，素里尊重他的決定，聽著這些話，未來思索，「換成我是素里，我真的不傷心嗎？」我們都很清楚這是全世界獨一無二的珍貴關係，我也看見了我們兩個人在一起一定能走上更好的路。可是戀人說不願意，拒絕了，我會不會覺得他很無情呢？我還能相信作出這種選擇的他是愛我的嗎？

也對，這麼看來，從始源的立場上來看，問題是一樣的。始源說不定可以要求素里：「如果妳真的愛我，就不要去德國。」

但是他們兩個不是這樣對待彼此，也不會把對方的選擇、人生，還有是否愛著自己綁在一起，而是毫無疑問地相信，也尊重對方。

「在剛進入『所有人的辦公室』時，我已經有一些計畫，我想在這家公司多工作幾年，和公司一起成長。當然去德國是一個很有吸引力的提議……不過，這不是我唯一的機會。」

「那你和素里呢？」

「我煩惱了很久。有一部我們都很喜歡的電影，電影中的兩個主角疏於聯絡，最後感情就淡了。」

「喔，我好像知道是哪部電影。」

「不過我們還是決定繼續走下去。因為那是九〇年代的電影，現在情況和過去完全不同。」

「沒錯。」

未來笑著握緊始源的手，希望多給他一些力量。儘管他嘴上這麼說，但肯定也會不安和擔心，未來希望他能打起精神。

遠距離戀愛不容易，但不試誰也不知道，最重要的是，未來認為始源和素里的關係不會輕易地結束，至少只要兩人的感情不變，不會因為移情別戀或另有新歡而分手。

未來雖然不敢保證自己會待在始源身邊多久，可是，未來想要繼續關注談著開放式關係的人。因為不管是任何領域，達到某種境界的人，都有吸引人視線的力量。

未來從機場回來，時間還早，不知道是不是因為看到飛機，先前的後遺症還沒全好，早早吃完晚餐就睡了。在短暫醒來的隔日凌晨，她收到始源和素里的報平安訊息，已經入住德國飯店。始源說因為時差有點暈，兩人明天才會開始看素里公司提供的宿舍候選清單，再簽房屋契約，購買生活必需品。未來真心希望一切，包括素里的新生活都順利後，再次昏昏沉沉地睡去。

「未來餐飲」進入穩定期，但真的踏入市場一看，未來和學姐才發現有很多代餐品牌，這也代表代餐市場的潛力。所以，兩人在公司首次亮相創下不錯成績後，正在準備替現有產品升級與後續幾種新產品。

學姐仍然偶爾才進首爾辦公室，未來仍然在「所有人的辦公室」上班，繼續騎公共腳踏車上下班的事更不用多說了。

今天，學姐難得進辦公室，兩人一起外出吃午餐。學姐說：「今天想吃點辣的，有推薦的嗎？」於是，未來帶她去了和始源一起去過的麻辣燙店，想起那份柔軟朦朧的心情。

「今天沒看到那個經理。」

「什麼？」

「就是那個給人印象很好……妳喜歡過的那位。」

在兩人享用料好味美的麻辣燙時，學姐突然這麼說。在那一瞬間，未來不禁想著是不是那個傳聞傳進學姐的耳裡，可是學姐原本就不太關心別人的事，更別提她壓根不知道APP上有留言板……未來決定不杞人憂天，放寬心道：

「喔，他去度假了。」

「妳聽別人說的，還是他跟妳說的？」

頑皮的笑容擴散在學姐臉上。

未來再次想告訴學姐這段時間發生的事。多虧那位手很漂亮的男人，她開始了人生第一次經歷的開放式關係；和以為一輩子都合不來的人成為朋友；不斷地發現了自己體內剩餘的固有觀念；發現情感的新領域；仍然逞匹夫之勇維持著開放式關係。也許這一切都要感謝學姐。

「哎呦，是聽人說的還是他說的又怎樣？」

可是未來像平時一樣，漫不經心地回應。學姐說：

「隨口問問。我很少進辦公室，要是有人和妳變熟的話就好了。」

學姐睜大眼睛的模樣很可愛，未來不由得笑開道：

「我有交到朋友，在這裡過得很好，別擔心。」

「那就好。」

學姐隨口說出的話，奇妙地留在未來的心底。

是啊，那就好，那就行了。

兩人吃完飯，拿著喜歡的咖啡廳賣的冰咖啡，邊喝邊走回辦公室的路上，學姐忽然問：

「那個……要是我想跟妳簽正式員工的合約，妳願意簽嗎？」

「哎呦，公司已經站穩腳跟了嗎？」

「我想說如果公司要增加新產品，擴大規模，我應該從現在開始找人才。」

「喔，可是我不喜歡被綁死。」

「我早知道妳會這樣說。只要妳先跟我說一聲，我就會放妳走，妳覺得怎樣？」

「真的假的？妳會把這些內容寫在正式合約上嗎？」

「哎呦，我們這麼熟，幹嘛這樣～」

「熟不熟跟這個有什麼關係啦？妳寫？還是不寫？」

「喔，寫的話妳就願意進公司了嗎？」

「我再考慮考慮。」

兩人邊開玩笑邊走進休息室，見到陌生的人。那個有問題的團隊離開後空出的辦公室，終於有新租客了。

因為始源不在，所以由始源的同事幫忙介紹環境，兩人一起站在休息室的公用電腦前。未來看見有人坐在椅子上，把大拇指貼上指紋辨識器。

「好像有新會員進來了。」

「好像是。」

「我去洗手間，等等就進會議室。」

「好。」

學姐拍拍未來肩膀，離開。

今天兩人有很多事要討論，不過未來不覺得吃力，就能適當地激發活力和幹勁方面看來，未來覺得現在這份工作還是不錯的。她雖沒想過成為正式員工，但暫時沉浸在「如果有學姐這種老闆，還有這麼寬鬆的聘用條件，不妨一試」。她邊想著邊走向公用電腦，想使用印表機。

就在這時，未來聽見經理和新會員的對話內容：

「我的指紋好像比較模糊，拍不清楚，我去辦身分證的時候遇過同樣的問題。」

未來被這熟悉的對話逗笑。

說這句話的新會員看她一眼。

濃眉、兇狠的眼神，整體五官鮮明，是未來平時會害怕的類型。

「妳笑得太大聲了啦！」未來暗自自責，裝得若無其事，慢慢低頭，不，是正想低頭。

就在那時，對方露出燦爛的笑容。

意想不到的開朗笑容。未來確實感受到，對方笑和無表情的時候感覺太過不同，就像看見不認識的人私下的一面，未來的心沒來由地噗通噗通跳。

「好像還是不行，我去看看有沒有多出來的卡片鑰匙。」

壓了好幾次指紋，經理最後離開了。

不知怎麼，剩下未來和那個有著好看笑容的人。

「妳也是這裡的會員嗎？」

對方略沙啞的聲音一下子竄入未來的耳朵，她不自覺地緊張。

「是的，看來你是新會員，這裡環境很好，你來對了。」

未來笑答，覺得立場顛倒了，自己變成過去的始源。真有趣。未來忽然很想念始源。顯然，她對眼前和氣問東問西的人產生好奇心和好感。這兩種情緒是這麼的明顯。未來感覺到了。

說不定，自己會再次開啟一個新世界。

未來的心臟開始噗通噗通亂跳。

現在這種感覺是因為遇到陌生人而緊張？還是面對充滿魅力的陌生人而激動？還是對第一次出現的情緒有所期待？未來現在還無法確定。可是，對一個人產生好奇，日後可以慢慢了解。未來決定晚上和始源通電話時，和他談一下這件事。未來已經好奇起始源會說什麼。

要是未來繼續追求這份感情，有一天她可能會像始源和素里一樣，得向某人解釋什麼是開放式關係。其實我有男友，可是我們不是獨占式關係，你想不想和我交往看看？一想到這種情況，未來全身寒毛直豎，現在只是感到害怕，不知道那時候，自己會收到對方什麼樣的表情和話語。我也有那種勇氣嗎？

未來記得她曾問過始源，始源回答她的話。

我的勇氣不是來自我體內，是對方給的，是妳給我的勇氣。

所以，總有一天，「時候」到了，我也會遇見給我那份勇氣的人。

每個人都有自己的「時候」，也都有最適合自己的最佳愛情，因此，未來決定不要再有這種不安。取而代之的是，她現在要好好地感受內心逐漸擴散的情感波動。因為這種瞬間，不多見。

作者的話

導演諾亞・波拜克（Noah Baumbach）二〇一九年的《婚姻故事》（*Marriage Story*），真的看下去（小心爆雷！）後，談的卻是「離婚故事」。

我看著這部電影，理解了導演為什麼無法透過「幸福的婚姻故事」說明婚姻的本質。只有在崩潰與動搖的過程中，才能鮮明地顯現本質。無論那是什麼。

那天我走出電影院時，我第一次動了念頭，想寫一個關於開放式戀愛的小說。

我依然是個對異性戀感興趣的女性主義者，我聽過有人說「有那麼喜歡男人嗎？」，也聽過「有這麼討厭男人嗎？」。

可是，我真正花心思的地方是我的人生、女性的人生，還有拒絕不想要的東西，懷有對想要的東西的欲望的人生。

不管是哪一邊都不容易，今後我還有很多想做的事、想說的話，若非得說出來的話，這一次我寫了我「想要的東西」。

就算不是書中這種形式的愛情也沒關係，只是我們都需要更好的戀愛。更反覆思索的戀愛、沒有「理所當然」的戀愛。如此一來，戀人能更尊重彼此，最重要的是，做為不是「誰的誰」的我，能同時守護我的界線，又能相愛的關係。

在二〇二一年的韓國達成「社會共識」的唯一「戀愛」型態，就是（以結婚為前提的）「異性戀獨占式戀愛」。這種戀愛型態在各方面都不適合現代了，這是不言而喻的事實。

現在，所謂的「戀愛」，需要改變，該改變的時候到了。

至少如果社會繼續主張「我們必須阻止會妨礙男女之間健康的異性交往的女性主義」，那麼，日後「非戀愛」[23]人口將會變得更多。相較於這種現實，可能有人會覺得本書中描繪的世界過度浪漫，但不管別人怎麼說，只能怪我是個浪漫主義者。

我還在描繪理想，我還懷抱希望。

我想強調，我不是想說這本書裡說的戀愛方式是唯一正解。

我只是好奇你的戀愛。

是什麼讓你開心？什麼讓你不自在？你和戀人之間是否有足夠的交流和坦誠？

這本小說裡的戀愛讓你感到有趣？讓你感到不愉快？理由都在每個「你」的心底。

現在，輪到你講了。

二〇二一年十二月
閔智炯

23 譯註：指對戀愛毫不關心。

國家圖書館出版品預行編目資料

今天，換她跟我男友約會 / 閔智炯 著；黃莞婷譯--初版.--臺北市：皇冠, 2022.10
面；公分. -- (皇冠叢書；第5052種) (JOY；233)
譯自：나의 완벽한 남자친구와 그의 연인

ISBN 978-957-33-3939-7 (平裝)

862.57　　111014196

皇冠叢書第5052種
JOY 233

今天，換她跟我男友約會

나의 완벽한 남자친구와 그의 연인

作　　者—閔智炯（민지형）
譯　　者—黃莞婷
發 行 人—平雲
出版發行—皇冠文化出版有限公司
台北市敦化北路120巷50號
電話◎02-27168888
郵撥帳號◎15261516號
皇冠出版社（香港）有限公司
香港銅鑼灣道180號百樂商業中心
19字樓1903室
電話◎2529-1778　傳真◎2527-0904
總 編 輯—許婷婷
責任編輯—黃雅群
行銷企劃—蕭采芹
內頁設計—李偉涵
著作完成日期—2021年
初版一刷日期—2022年10月

法律顧問—王惠光律師

讀者服務傳真專線◎02-27150507
電腦編號◎406233
ISBN◎978-957-33-3939-7
Printed in Taiwan
本書定價◎新台幣380元／港幣127元